1ʳᵉ ÉDITION ILLUSTRÉE

DES

ARTS

1887

IN

CO

HÉ

Première

RE

EXPOSITION

NT

A

NANTES

S

NANTES

IMPRIMERIE DU COMMERCE, rue Scribe, 4 et 6.

1887

(INCOHERENTS) LES ARTS INCOHERENTS. PREMIERE EXPOSITION A NANTES du 17 février au 30 mars 1887.

Nantes, Imprimerie du Commerce. In-8, 160 X 240 mm, 48 pp. et planches.

Broché, couverture imprimée en rouge et noir (qq. taches sur le second plat).

Critiqué, accusé de redites, Jules Lévy, en 1887 proclame la fin de l'incohérence qui renaîtra pourtant le 27 mars 1889 lors du Bal à l'Eden-Théâtre.

Dans l'intervalle, Nantes qui donnera plus tard naissance à Jacques Vaché, prend le relais.

Cette première (et dernière) exposition nantaise a lieu à la salle du Sport, "à l'intiative d'un collaborateur du journal bonapartiste L'Union bretonne, A de Witkowski, responsable du catalogue illustré, qu'il avait émaillé de poèmes de son cru (...). Une partie des oeuvres présentées à l'exposition parisienne des Arts incohérents en 1886 côtoyaient celles d'exposants nantais, masqués sous des pseudonymes farfelus." (Le Rêve d'une ville, Nantes et le surréalisme, p. 64).

Les notices des oeuvres parisiennes sont les mêmes que dans le catalogue de 1886 mais les portraits des exposants sont différents.

Rare.

4732   2004 - 233956   300 €

EXPOSITION

DES

ARTS INCOHÉRENTS

LES
ARTS INCOHÉRENTS

———✳———

PREMIÈRE EXPOSITION

A NANTES

Du 17 Février au 30 Mars 1887

———✳———

Une partie des recettes pour les

AVEUGLES DE SAINT-JOSEPH

A NANTES

1887

Aux nombreux Visiteurs de notre Exposition

————————

Nous voyons d'ici les bons bourgeois ventrus, hausser les épaules — s'ils pouvaient, mais point ils ne le peuvent, les monter plus haut que la tête, comme ils le feraient avec plaisir — en disant : Art incohérent ! art incohérent ! c'est pas sérieux. De quoi — et leurs lèvres lippues et sensuelles se relèveraient dédaigneusement — on prétend nous faire avaler ces bourdes colossales et fantastiques, allons donc, jamais de la vie ! Ces graves commerçants de la mélasse et des pruneaux, amis intimes des lieux communs — il y a, n'est-ce pas, d'autres lieux qui sont communs à tout le monde — je ne sais si cette périphrase est bien compréhensible. Donc ces graves commerçants s'en iraient, après avoir lu notre mirobolante et fantasmagorique annonce, et se penchant vers leur pudique épouse (et mère..... est le plus grand désir, la plus chère envie des amoureux) aux larges fortifications naturelles (à toi, mon doux Sylvestre, Armand pour les dames) ils murmureraient : Tu sais, Euphrasie, tout ça, c'est des bêtises !

Eh bien ! non ! Tout ça, c'est pas des bêtises. Non, mille fois non ! Evidemment, nous ne voulons pas faire croire aux nombreux visiteurs (bonjour, ça va bien, Madame la Réclame) qui viendront visiter (visiteurs pour visiter, cela va sans se dire, mon vilain) nos salles élégantes (un sport de reine, pensez-donc) que c'est de l'art antique et solennel, enterrement de première classe, animal.

L'art se subdivise en plusieurs catégories : peinture, huile ou vinaigre ; sculpture, aquarelle..... à l'eau (vieille bête). L'art incohérent est une côte de l'art — pardon, de lard. Demandez, faites-vous servir le lard du dimanche, spécialité nantaise, se partageant cette bonne et charmante renommée avec les fouaces (oh ! notre jeunesse).

L'art incohérent est la rieuse « *joyeulseté* » gauloise qui reparaît voulant nous faire « *esclaffer à venstre déboustonné* », comme l'écrivit Rabelais, dans ce siècle de névrosés chloro formés, de blasés à la Schopenhauer.

Solution selon la formule, n'existe pas dans le Codex, ci-
dessous :

Ennui...................... 100 gr.
Nullité................... 50 »
Pose à j'te la fais à la désil-
lusion..................... 200 »

mélez et servez chaud..... pour jeter un froid.

L'art incohérent est le rayon réchauffant, le soleil radieux
qui épand sur toute cette tristesse, le rire inextinguible se
propageant, rapide comme la gale — ah ! dame on prend ses
comparaisons où l'on peut.

L'art incohérent est la charge dans tout ce qu'elle renferme
de plus spirituel, de plus français en un mot : Article 4 :
Toutes les œuvres sont admises, les œuvres « *obscènes* »,
« *sérieuses* » ou « *banales* » exceptées. Il prouve qu'il est
quelquefois bon de casser les vitres de cette informe baraque
qu'on appelle : la routine. C'est la vingtième année qui éclate
livrant, à toutes les aurores et à tous les couchants, l'exubé-
rance joyeuse de sa floraison.

La nature elle-même est incohérente. Oui, la nature.
Comment cela, direz-vous ? Vous voulez sans doute vous
moquer de nous ? Point. La preuve, la voici. Un peu de poésie
pendant que nous y sommes, cela ne fait pas de mal, pas vrai ?
Pourquoi la nature permet-elle qu'il y ait dans l'étincellement
prodigieux du réveil printanier : les mélancolies de la forêt,
le brame des biches, les plaintes de la ramure ; tandis qu'il
y a des oiseaux qui chantent leur bonheur en glanant le brin
de mousse ou d'osier. N'est-ce pas de l'incohérence que ces
oppositions que vous n'apercevez pas, imbéciles bourgeois,
mais pour lesquelles l'artiste, peintre ou poète, garde le plus
pur de ses pinceaux, la plus attendrie de ses rimes. Mais nous
ne sommes pas à un concours littéraire, l'art nous appelle.

Tous fumistes, voilà notre devise.

Mais qu'on ne confonde pas comme cet illustre président de
nous ne savons quelle cour d'assises :

— Accusé, votre profession ?

— Fumiste, mon président.

— Je n'aime pas qu'on se moque de la Justice.

Les incohérents tiennent à cœur de couvrir les murs de cette
exposition de croquis endiablés, de pochades où la verve est
furieuse, de tout ce *je ne sais quoi* d'irrésistiblement comique.
Ils ont une folie en tête, cette royale folie de la gaîté.

L'art incohérent est le *superchic* le plus *select*. C'est le *boudiné* d'hier qui deviendra demain un homme d'esprit. Pas trop
d'esprit cependant ; regardez où il mène (pas le boudiné,
l'esprit). A l'Académie. (Envieux, va !)

Nantes consent à se *parisianiser* un peu — nous n'osons pas dire déniaiser. Public, ami public — c'est le moment de te flatter, mon bonhomme — délie les cordons de ta bourse vertueuse et donne le denier de la veuve — il n'est pas nécessaire qu'il soit de la veuve — aux pauvres, mais honnêtes, de cette catholique ville de Nantes. C'est pour la charité que les portes de cette exposition sont ouvertes.

Des vieillards, des enfants et des femmes qui pleurent dans l'ombre seront soulagés.

Vous qui voyez, mortels heureux,
Donnez à ceux qui n'y voient goutte.
Il suffit parfois d'une goutte
Pour apaiser les malheureux.

Que votre bourse soit propice
Aux aveugles par cécité
Et non point par nécessité.
Oh là ! j'tombons au précipice !

La charité n'est pas une incohérente — eh ! mon Dieu quelquefois — mais elle prend son bien où elle le trouve.

Entre donc — on ne rend pas l'argent à la sortie — tu seras satisfait. N'auras-tu pas oublié, pendant quelques minutes, les soucis de tous les jours, les préoccupations de l'existence ?

En avant, la musique.

Entrez, Messieurs.

Si vous aimez l'esprit, il y en a partout !

De l'esprit, d'accord, excepté dans cette préface.

Un cordial salut de votre tout dévoué serviteur, qui vous serait infiniment reconnaissant, Mesdames du sexe beau, Messieurs du sexe laid, de faire aller la recette, et rondement, savez-vous !

UN LÉZARD INCOHÉRENT.

EXPOSITION

DES

ARTS INCOHÉRENTS

———✳———

A. ARTHUS, vice-consul des îles du bois de Boulogne près
la République d'Andorre, élève de Succi, né à
Pauvri (Italie). Hors concours. 81, rue Taitbout.

1. — *Fatma la charmeuse (portrait en pieds)*.
2. — *Le marché aux chevaux de bois*.
3. — *Rouget de l'Isle composant la Mayonnaise*.

ABRIAL (Stéphane), jeune fille charmante, nez grec, de parents pauvres dans une maisonnette, qui n'est
pas au coin du quai ; élève de Hotte-toi-d'là-
que-j'm'y mette ; a déjà exposé et a toujours
eu du succès, en aura encore, rue Eblé, 6, à
Paris (Seine).

4. — *Tiroir difficile. (Ah ! mince !)*

A GIN (Alphonse), natif de Bougan-les-Flots, élève les bras
dans tous les sens, sans force, avec peine et en
geignant.

5. — *Un incendie à Pékin*.
Aquarelle (grosso-modo) sur papier anglais.
Les Chinois vont à la fontaine aspirer de l'eau pour éteindre l'incendie en
projetant avec la bouche l'eau qu'elle contient ; le personnage d'en bas jette
l'eau du ruisseau avec la main.

Note du Jury. — Moyen économique et pratique recommandé à la muni-
cipalité nantaise.

6. — *A vaincre sans péril.*

Voir la suite aux classiques.
Un voleur en quête d'aisance enfonce la porte des lieux où elle réside et est navré de n'y pas rencontrer la fortune.

NOTE DU JURY. — C'est un voleur qui manque de flair.

A. L'ARD INCO(H)ERENT en très grande vénération.

(E. J. N.) Né — cessaire de toilette et à Roubaix, par la volonté de sa famille qui n'a pas pour cela consulté la sienne, mais l'a mis au monde en lui disant : sois guéridon. Aura vingt et quelques années aux prunes. — Elève des planchers, une jolie femme (jolie oh ! mais là jolie). — Travaille actuellement à un appareil destiné à la vulgarisation des tournures en fil d'acier galvanisé à l'usage des cynghalaises. — Demeure à Auteuil, mais n'y loge pas. — Pour plus amples renseignements s'adresser au secrétaire de la rédaction du *Pou Harmonieux* et de l'*Araignée en délire*. — A eu son tableau pain frais reçu par le jury sous le titre de pain rassis. (Il est bien aimable le jury.) — Professeur Fumiste.

7. — *Embarras d'un moutard qui ne sait à quel sein se vouer.*

8. — *Scène de Robert le Diable.*

Quand j'ai quitté ma Normandie,
Un vieil ermite de cent ans
Dit: tu seras un jour unie,
Au plus fidèle des amants :
Et moi j'attends.

9. — *La Libération de la mère noire.*

10. — *Physique et chimie incohérentes.*

I. Précipité de selle.
II. Théorie de la pile. (Leçon de Boxe.)
III. Réaction des corps.
IV. Mouvement perpétuel. (La langue de ma concierge.)

AURIOL (GEORGES), élève des Hanlon Lee et de Medrano. Demeure square Montholon, né à Beauvais sur le champ de foire.

11. — *Le temps des cerises* (aquarelle instantanée à la salive).

B... (CHARLES), portait toute sa barbe, s'est-fait raser, mais relaissera pousser sa barbe, élève de Deibler ; demeure loin ; prend l'omnibus pour rentrer chez lui, dit bien les vers, en fait. (Au fait ! en fait-il ? — Non, il n'en fait pas).

12. — *Un Raccourci (Modèle d'après nature).*

BARBEROUSSE (FRÉDÉRIC), né-pas celui qu'on pense ; élève des vers à soie pour se faire des bonnets de coton, spécialité de portraits en tous genres, à l'huile de ricin, olive, lin et l'autre, etc., etc., etc...... boumm ! ! ! ! ! Voilà.

13. — *Le comble de la charité.*

Couper en deux tout ce qu'on possède pour pouvoir donner la moitié de son bien.

> Si j'étais Salomon et qu'une belle femme
> Vint à mon tribunal dans cet accoutrement,
> Je lui dirais avec discernement
> « Le côté droit est pour... votre époux, noble dame
> » Et le gauche pour... votre amant.
>
> » UN GRILLON INCOHÉRENT. »

BARON (PAUL), c'est pas un baron, né dans un castel-Naudary. élève des variétés diverses de cochons d'Inde. Demeure, 7, rue Notre-Dames des — ah ! c'est trop long.

14. — *Saint-Hyacinthe.*
15. — *Raymond.*
16. — *Le Vieux et le neuf.*
18. — *Le Retour de l'école.*

BAUDOIN (LOUIS), le veinard ! ! !, né dans la lame du parquet d'une chambre à coucher, inhabitée depuis soixante ans, se lève de lui-même, n'est pas photographe, habite sur cette terre.

19. — *Portraits de famille, faits à la lumière électrique, ressemblance garantie*

> C'est papa,
> C'est maman,
> C'est mon frère,
> C'est ma sœur.

BEDOS (Patientius). Elève de sa plume, doit être mort de cécité (incohérence rétrospective à la plume d'aigle).

20. — *Napoléon-le-Grand et son histoire.*

BEILLARD (Jules, Amédée), frotteur, a une belle voix, né gros, a voté en blanc lors de l'élection du jury, demeure, 55, rue Montmartre, élève de Maygrier.

21. — *Molière. — Boileau.*

BENI-ETCOETERA. Né-trille que les ânes; demeure, reste et veut mourir à Paris, quartier Poussebarbe, XIII⁰ Arr.; élève de Lesage et Cⁱᵉ et de Boule (Angers).

22. — *Grammaire incohérente.*

    I. Un Bottin (subs. mas.).
    II. Une Bottine (subs. fem.)

23. — *Nos pères.*

    I. Le Père Lachaise.
    II. Le Père Adam.
    III. Le Père Martin.
    IV. Le Père Monsabré.
    V. Le Père Lathuile.
    VI. Le Père Duchesne.

BERNAMOU (Stazio), orgue de barbariophobe, a reyer de son programme l'impôt sur les pianos, parce qu'il élève des puces et les fait polker, demeure dans un harmonium.

24. — *Exposition de blanc et de noir pour les dames.*
25. — *L'Etrangleur de perroquets.*

BEZOLIS (Eh ! Douard), né pas mal de sa personne ; élève inférieur très prononcé ; demeure chaste et pure en ville.

26. — *Dessin d'après la photographie d'un de mes amis qui connaît très intimement un monsieur qui a serré la main du général Boulanger.*

BIBLO-PINGO (Bobino) de Saint-Malo, pêcheur de morue rouge, demeure sous la quatrième arche à gauche du pont des Arts (de 8 heures à midi) ; fabrique spéciale de torpilleurs.

27. — *L'Ocarina, torpilleur construit pour le compte du gouvernement suisse.*

N.-B. — L'Ocarina manœuvre dans une baie. Le tableau n'est pas à musique.

BILLAUD (Paul), né ailleurs que l'année dernière, sans quoi ce ne serait pas drôle. S'est fait photographier à cheval pour faire croire qu'il y monte. Déteste les omnibus complets, mais a un faible pour les orgues de Barbarie ; connaît très peu de monde à Paris, excepté cependant, 55, rue du Cherche-Midi, où il ne va jamais parce que c'est trop loin de chez lui, 18, rue Moncey.

28. — *La chaste Suzanne.*

QUI FAIT QUE PEUT FAIT QUE DOIT

Devant ces deux vieillards embusqués non loin d'elle,
Suzanne peut des mains garantir son chignon,
Mais pour couvrir le reste, oh ! funeste guignon,
Elle n'a réussi qu'à trouver son ombrelle.

BLANDIN (Emmanuel pour les dames) ressemble étonnamment à Paul Bilhaud, qui n'a jamais eu de portraits aussi ressemblants que ceux de Blandin ; est l'ami de Paul, de Charles, d'Emile, d'Alexandre, de Pépette, de Marie et de Caroline, 4, rue des Arquebusiers.

29. — *La Grève des Forgerons.*

Les forgerons s'étaient tous mis en grève.

F. Coppée.

B. NART, ancien pompier, a été dégommé parce qu'il n'avait
pas nettoyé son casque, demeure aux bains
froids à six sous du Quai Bourbon.

30. — *La femme jaune.*

BOB, né gobe que les gens qui l'écoutent. Gentil garçon, malgré cela. Aime tout indistinctement les femmes
et les lapins — l'un à cause de l'autre. Dessine
bien (sans se faire de compliments — juge
s'il s'en faisait). Demeure à Nantes, dans une
rue. Maintenant que vous connaissez son adresse,
vous lui direz bien des choses de ma part.

31. — *Tableau de ménage.*

Ung gras villain grant vuiteur de fioles eut pour compaigne une maigre
cavale qu'il ne chômait de battre tant que durait le jour. Or il advint
qu'un beau soir regrettant son faire, il voulut par manières plus civiles s'en
faire chérir
   Mais dès l'abord qu'il la flatte ayant à son mal heur passé la main sur
une récente plaie, la mauvaise se print à ruer de s'y rude façon qu'elle lança
son chevaucheur dans la vasière voisine.
   Ce que voyant ung témoin s'écria : Nage, pôvre sire et d'ores en avant
ménage plus ta bête.

BOILEAU (A.) né près de la fontaine Molière, au coin de la
rue Racine et de la rue Corneille, élève de
Luigi Loir — 11, rue Saint-Lazare (incohérents).

32. — *C'était un crâne.*

D'un brave à trois chevrons, d'un héros méconnu,
C'est tout ce qui restait. Pour éloges funèbres,
Alors que le couchant préparait les ténèbres,
On dit : « *C'était un crâne !* » uu martyr inconnu.

UN LÉZARD INCOHÉRENT

BONIFACE (ANDRÉ), né bon, face bonne, taille des plumes pour
dessiner, né jeune, qu'en carême. A la spécialité de peindre les i, fera pour la prochaine
exposition les i...lotes, les i...diotes, les i...do-
lâtres et des i...mages pour la crèche de Noël
des gamines de ses connaissances. Signe particulier : A un fère qui fait des vers et qui tœnia à les
exposer. Nantes.

33. — *La lettre I.*

BORUG, Nantais d'origine, mais Parisien d'allure — s'est fait
sculpteur par horreur de la peinture. Nous a
envoyé cette pochade pour attirer le bourg et la
ville aux incohérents. On prétend que ce groupe
a été commandé par une demoiselle qui adorait
les pioupious quel que soit le grade.

34. — *Groupe terre cuite.*

> Entre deux chauds gaillards, tous deux soldats,
> Faisant la cour à la même personne,
> N'a pas longtemps s'ourdirent grands débats
> Sur le propos de leur chère bo-bonne.
> Le sapeur dit : « Cette femme est à moi, »
> L'autre répond : « Elle est mienne et non vôtre. »
> Mais lorsqu'elle eut un enfant, grand émoi,
> Plus n'ont voulu l'avoir ni l'un ni l'autre.

RACINE.

Pour copie conforme : UN GRILLON INCOHÉRENT.

NOTE DU JURY. — Qui qui sera le père ? Dumas (Alexandre), viens à notre secours, dis-nous, qui qui sera le père ?

BOILEAU (Mlle MARIA), de la famille du grand satirique, marche sur ses traces dans des souliers Molière, a beaucoup de goût pour la peinture, ce qui fait le désespoir de ses deux sœurs, car elle leur flanque de la couleur partout; a gagné dimanche au nain jaune ; malgré tout ça est élève d'E. Meruni qui l'a convertie à la cause de l'incohérence et lui fait de l'œil en coulisse.

35. — *Le Soleil se couche, après une journée bien remplie et il a laissé sa fenêtre ouverte, à cause de ses godillots. La lune, trop curieuse, en fait un pied de nez...*

Éventail à vendre 298925 francs.

BOULE DE NEIGE (LOUIS), né à Nîmes; élève de lui-même, ce qui veut dire qu'il a appris tout seul (ça se voit), habite une montagne à Nantes.

36. — *Vue de la Mer Noire.*

Étude géographique à l'usage des obtus.

BOULINEAU (ARISTIDE), ne pas confondre avec Aristide Boucicaut, déjà mort. Né-pomucène (Asie Mineure) aura six mois de plus dans un an (ceci pour faciliter le calcul de son âge, multiplié par le coefficient du nombre de marches de son escalier). Demeure rue..... d'un peintre célèbre. (Bon pour une pochade à l'huile ou au beurre à qui devinera.) Récompensé d'une médaille de 1re classe au concours des bébés.

37. — *Petit cours de Géographie.*
Cap.
Lac..
Mer.
Baie.

BRANY, qui ? (EUGÈNE), parisien, encore un ; élève de N. R. et de K. Banel (ou banal) et de plusieurs autres rats peints par eux-mêmes, demeure rue Séguier, 3, dans une vieille maison dont le concierge est très aimable, aussi il lui donne des étrennes.

38. — *Passage de Vénus devant le soleil, allégorie pour l'Observatoire de Paris.*

Quelle est dans le silence éternel de l'espace
Et dans les cieux profonds, cette femme qui passe ?
C'est Vénus, la déesse antique au front si pur.
Elle a quitté ses flots amers pour cet azur...

(De lui, ou d'un voisin.)

N.-B. — Les vers, ça fait très bien dans un catalogue. (L'organisateur.)

BRIAU (ÉTIENNE), né à Noirmoutier (Vendée), à Gué-bis-Fou, en Saint-Philbert-de-Bouaine (Vendée), n'a pas envoyé de notice, aussi il n'aura que celle qui a figuré au catalogue de l'exposition des Beaux-Arts. Saluez et ne riez pas. Les gens graves de là-bas vous regarderaient de travers.

39. — *Une séance de conseillers municipaux.*

Impression d'un voyageur en couleurs chromographiques à Tripaille-les-Oies.

BILMA (de), n'a pas envoyé de notice, l'a sans doute oubliée, dans un des cabinets qu'il a dessinés, à la suite d'une bruyante discussion. Paris.

40. — *Question de cabinet.*

BRIANDEAU (PAUL), né n'sait pas où, élève de MM. Canela et Guérin de Paris, est rigolo, mais pas incohérent, aussi il n'a pas envoyé de notice. Habite à Nantes au nº 10 d'une rue qui n'est pas à terre puisqu'elle vole.

41. — *Caricatures coloriées.*
42. — *Caricatures.*

CAROLUS-NOROB. Né a Quilin. Élève de lui-même. Sobre à l'excès. Se tient malgré cela à la disposition des aimables visiteurs qui voudraient lui offrir quelque chose au café de l'Exposition. Adresse particulière : Demeure chaste et pure, pour les dames. Reste au rang des Halles, pour les messieurs, quai Cassard, 4.

43. — *La Fine-aux-dix-Quarts.*
44. — *La manne dans le désert.*

   Fusains instantanés au carbonate d'esprit de sel.

CARTAHUE (CHARLOT), né à Nantes, élève de la nature — incohérent de par la volonté de ses amis — ne déteste pas le bon rire gaulois et sait, en homme d'esprit, se délasser des travaux sérieux par de spirituelles cocasseries, n'a pas envoyé de notice, on lui en a fait une tout de même.

45. — *Le Rat d'eau de la Méduse.*

   Te voilà dépassé, Géricault, mon bonhomme.
   Ton célèbre tableau se craquèle d'horreur.
   L'œil de la vérité sourit d'un air vainqueur.
   Et la mer s'en soucie ainsi que d'une pomme.

   UN LÉZARD INCOHÉRENT,

CHANVRY (AUGUSTE), né à Nantes en 1854, élève de H. Bernier, 33, rue de Richebourg.

46. — *Ce qui reste d'un buveur d'absinthe.*

   Mettre le crâne d'un buveur
   Auprès de l'absinthe fatale,
   Dont son gosier ne peut déguster la saveur,
   C'est un supplice de Tantale !

   UN GRILLON INCOHÉRENT,

   Souvenir d'une lettre au *Phare de la Loire.*

CHARLET (GEORGES) n'a pas le souvenir du jour de sa naissance. Élève du même. Voudrait bien vendre sa petite affaire. Recommandé au Conseil municipal de Cure-Gousset. Demeure pas, car il va... bien.

2

47. — *Projet de divorce pour la Mairie du 25ᵉ arrondissement.*

Sur son mari qui va prendre les Armes
La femme verse un long torrent de larmes.

La nuit venue elle prend un amant
Pour consoler son amoureux tourment.

L'Epoux la plaint tout en montant sa garde ;
Et ricanant la Lune le regarde.

UN GRILLON INCOHÉRENT.

CHARLOT (ARMAND), né pas un incohérent, le deviendra sans s'en apercevoir, nez à Bordeaux, œuvres vives à Nantes, élève de M. H. Boutrel — habite 73 quai Quentin à Bordeaux.

48. — *Honny soit qui mal y pense.*

NOTE DU JURY (extraite des œuvres du docteur Ricord) : C'est en cueillant la fraise qu'on récolte des champignons.

49. — *Reconnaissance.*

NOTE DU JURY. — L'auteur nous écrit qu'il tient en réserve ce bouquet de graminées, pour un député dont il n'a pas eu à se louer et qui ose se dire de ses amis. Du millet !!! ce député est donc un serin.

50. — *Maître Aliboron.*

EXPLICATION DE L'AUTEUR. — Maître Aliboron regarde, à sa grande surprise, des cèpes en cire venus dans la plus mauvaise exposition de la plaine du Roussillon, à la suite d'un dérangement orvical des êtres de la contrée.
NOTE DU JURY. — Ça, ça ne peut se comprendre qu'en Gascogne.

51. — *Un nouveau moyen de suicide.*

Dédié au correspondant du *Phare de la Loire,* qui s'est si bien suicidé par ce procédé qu'on n'a plus trouvé trace de ses membres. Enfoncées la dynamite et la roburite.

« Horrible liqueur c'est l'abus que j'ai fait de toi qui me mène au suicide. »

52. — *Oignons.*

Recommandés aux petites femmes qui veulent avoir à propos la larme à l'œil.

COQ-ERRANT (Mˡˡᵉ L.), née plus aimable — a une sœur qui peint comme elle. — Voir la notice *Drole-à-tic.* Nantes est son domicile.

53. — *Une Ex-Position.*

NOTE DU JURY. — L'administration de l'Exposition offre une place de gardien chef aux collègues embêtés du ci-devant sous-préfet. On n'est admis qu'en l'uniforme que le gouvernement laisse tomber dans le domaine public.

CHIMPANZÉ (L. de). Nez patent de chic, élève d'un duc, al-
lié... né dans un frais bosquet, un jour de
clair soleil. Donne le la, l'a peint par amour
de l'art.

54. — *Un la peint* (un lapin)

NOTE. — Darwin est un gros malin.
D'un singe il fait un lapin.

CHOUBRAC (ALFRED), né, mais pas au Phite, y avait plus de
place (pas du Calvaire). Elèye, pas des lapins,
y en avait plus. A part ces petits travers, très
gentil garçon. On croit qu'il demeure à Bois-
Colombes (consulter le catalogue de l'année
dernière ou le dictionnaire Vapereau). .

55. — *Boule en geai, d'après nature.*

CHUPIET (GUSTAVE), né à Bourges, cher à ses amis, a étudié
chez d'Andivan et Coutan gros à ses parents,
habite 6, rue Scribe, aussi a-t-il une belle
écriture.

56. — *Le comble de l'illusion.*

Avoir soupçonné la fidélité de celui qu'on aime et reconnaître qu'il est
blanc comme neige.

CLAIRVILLE (EDOUARD), 8, rue de l'Echiquier, à Paris, possède un tas de qualités — élève des lapins.

57. — *Camaïeu lunaire, Souvenir rétrospectif du 5 septembre.*

« J'en sais beaucoup de par le monde.
A qui ceci conviendrait bien.
De loin, c'est quelque chose :
Et de près ce n'est rien. »
Pour prix de mon exquise exquise.
Trois cents TÉTONS me suffiraient ;
Venant de vous, belle marquise,
DEUX seulement me combleraient.

NOTE DU JURY: — Fi le goulu!

COHL (ÉMILE), ✽✽✽✽✽✽✽, etc., caricaturiste français, né à
Paris, le 4 janvier 1857, au numéro 20 de la rue
Cadet, au 2e étage, la porte à gauche. Il ne
saurait laisser échapper une si belle occasion
de faire savoir à Paris, à la France, à l'Europe,
au Vénézuela et autres lieux suburbains qu'il n'a
absolument rien de commun avec un M. Coll-Tec, caricaturiste aussi, à ce qu'on dit. Membre du Jury, çà fait deux foïs.

58. — ABUS DES MÉTAPHORES. ANIMAL OBTENU AVEC :

Une tête carrée ;
Des cheveux en baguettes de tambour ;
Un front d'albâtre ;
Des sourcils d'ébène ;
Des yeux en boules de loto ;
Un nez en pied de marmite ;
Des oreilles de veau ;
Une bouche en four de boulanger ;
Un menton de galoche ;
Un teint de pain d'épices ;
Un cou de cygne ;
Un dos rond ;
Des bras en ailes de moulin ;
Un ventre d'hippopotame ;
Un postérieur de cheval de brasseur ;
Des jambes de coqs ;
Des pieds en boîtes de violon.

59. — *Un Leader parlementaire.*

L'assemblée est suspendue aux lèvres de l'orateur, du reste on voit que le personnage a l'oreille de la chambre. Voir les *Chambres comiques*, journal paraissant toutes les semaines à 50 centimes le numéro.

60. — *Un Général hors cadre.*

Tableau destiné aux salles de bains des femmes d'officiers, voir la circulaire du général Bou, je ne le dirai pas. Achetez les *Chambres comiques*

(Voir plus haut).

61. — *Nos Ministères.* (Lisez les Chambres comiques par... voir plus haut.)

CORNILLOM (J.) (c'est tout). Né pas content de ce qu'on va lui mettre. Il ne sait pas quoi. Demeure à Saint-Lazare, neuf, travaille sur de la toile à peindre avec des pinceaux en poil de barbe militaire.

62. — *Une Fuite en Egypte.*

Ils fuyaient. Saint Joseph conduisait le baudet.
La Vierge avec Jésus dormaient sous les étoiles,
Attendant le grand Sphinx pour y planter leurs toiles
Sans craindre de la nuit le sombre farfadet.

Et le Sphinx apparut, superbement immense.
Marie avec l'enfant, entre ses deux genoux,
Rêvèrent. Mais Joseph ayant peur des grands loups
Fit naître un bec de gaz en sa toute clémence.

UN LÉZARD INCOHÉRENT.

COURANT D'AIR, né rue des Quatre-Vents, élève de l'École, pas fort en sculpture. — 37, faubourg Saint-Antoine.

63. — *Le Palais des doges.*

COUTEAU! Rue de la Vieille-Estrapade. Peintre impressionné et réaliste. Signe particulier : a toujours des épingles sur lui. Habite Nantes, dans la rue qui a inspiré son sujet.

64. — *La Belle tuée par son frère Caïn.*

« Caïn » ayant tué la « belle, » ô sort sévère!
Dans la nuit violette, aussi prompt qu'un chevreuil,
Se dérobe, tandis qu'elle tourne de l'œil,
Sa victime aux grands yeux... de verre.

UN GRILLON INCOHÉRENT.

CRÉPIN, élève de Sentachaussette. Aime les parfums puissants pour neutraliser l'odeur de son professeur. A horreur des chaussettes, n'en porte jamais dans le monde. Demeure : Ancenis (qu'on est bien pour y chanter), habite dans l'échope et ne déteste pas les boire.

65. — *Un, bouquet.*

CURIDA (FORTUNÉ), né à Nantes, élève de J.-J. Lepat, habite un chemin circulaire autour de Nantes. Impressionniste très incohérent.

66. — *Découverte d'une source dans le Sahara par mon ami, « Sir John-Mac-Kuloth. »*

D'ARTIMON (GUI), né à Concarneau, dans une forêt de pins, s'est élevé lui-même grâce à la nature. — Peintre de Marine. — Incohérent par occasion. Habite Nantes.

67. — *La Belle Poule passant la ligne.*

D'après nature en 1840.

DEPRÉ (ALBERT), né de loin, élève d'un tas de musiciens de talent, avait commencé à donner des leçons d'algèbre, mais n'y comprenait rien lui-même. Doit demeurer, 55, rue du Cherche-Midi.

68. — *Jatte de lait d'une vache négresse.*

DES CAMPS (Lucien), né à Bordeaux, élève de M. Chantron. Domicilié à Grillaud, Nantes.

69. — *Mars et Vénus.*

Peinture à l'huile d'amande douce à l'usage des têtes a recouvrir... de cheveux.

DUBONTABAC (G.), né rieur, tient son nom de son père qui le tenait de son grand-père. Elève des œufs à la coque, demeure au coin de sa rue, a un numéro au-dessus de sa porte. Signe particulier : a un concierge.

70. — *Un Coup de vent (peinture à l'huile).*

DROLE-A-TIC (Mlle A.), née aimable — a une sœur qui peint comme elle. —Voir la notice *Coq-errant.* Nantes est son domicile.

71. — *Un Rapin.*

DUCEL (Albéric), né à Nantes, élève de Pinxit — A Nantes, à un sixième, avec son père, n'a pas envoyé de notice non plus, puisqu'il perche dans le même atelier que son père, ils partageront tous deux la notice de l'aîné.

72. — *L'ouverture du Cid par Massenet.*

Ce doux musicien qu'on nomme Massenet
Pour composer sans peur le roman de Chimène,
Dit au campéador : Viens, mon vieux, que j't'amène
En mon laboratoire. — Et là, prit un archer,
Le pourfendit en deux, et l'ouverture naît !

UN LÉZARD INCOHÉRENT.

NOTE DU JURY. — La rime n'est pas riche (Molière)

DUCHESNE (Vis) pour les petits oiseaux, de son petit nom il s'appelle Jules et non Thomas, est né de sa famille, rue des Martyrs, n° 100, n'oubliez pas de prendre du papier.

73. — *L'Art et lard.*

> S'il n'a le teint fleuri, la panse bedonnante,
> C'est que tout bonnement il ne vit que de lard.
> Depuis bientôt vingt ans la chose est étonnante,
> J'ai la palette en main et je me meurs de l'art.

DUCREYon (GEORGES pas Conté) né Parisien, vrai ! on ne le dirait pas. Elève cuisinier.

74. — *La Fin d'une cocotte.*

DUMOUTIER, né riche, élève bien ses enfants (c'est son devoir). Je n'ose pas dire où il demeure (n'allez pas croire que je l'ignore).

75. — *Dépêche de Montreuil après la grêle.*

DU PLATEAU (MAURICE) de Gravelle, né au Foulon dans les vignes d'un seigneur qui était pat. sous Charles IX, la veille de la saint Napoléon, a déménagé à la cloche de bois.

76. — *Période électorale.*

Le Député : Chers électeurs, je vous porte dans mon cœur.

ELLOR, geo pour sa nounou, fils naturel d'un coq errant, né en 1881, sous une bonne étoile, élève de la nature (ça se voit n'est-ce pas?) Tout le monde assure à son père qu'il sera un jour une des gloires de l'Institut. Il le promet du reste !

77. — *Lendemain de grêle à Montreuil (24 août 1886)*

Echantillon de grelon ramassé 24 heures après l'orage dans le jardin de M. Cuterreux. On est prié de ne pas le sucer pour qu'il reste intact.

ÉMILE, né pas sûr de son nom, élève Adam dans le paradis
terrestre, demeure sous un bec d'gaz place de
la Concorde. Joue bien de l'ophicléide.

78. — *Un Projet de décoration.*

Elle allait dans les champs au lever de l'aurore,
Quand un amoureux vint lui dire : « Je t'adore. »
Elle lui prit le bras et le couple charmant
À travers les blés d'or s'en alla lentement.
Pour se cacher aux yeux, la belle demoiselle,
Avec précaution, ouvrit sa rouge ombrelle.
Et bientôt hâletant et les regards troublés
Le couple disparut dans l'épaisseur des blés.

UN GRILLON INCOHÉRENT.

79. — *Les Grenouilles demandant un roi.*

Vous-vous ce Monsieur debout sur un tonneau,
Près duquel une foule grouille,
Vite tirez votre chapeau,
C'est Lui le Roi de la Grenouille.

UN GRILLON INCOHÉRENT.

E. NER. V., né énervé, aussi il peint à la vapeur tout ce qu'on
voudra et peint bien, élève d'un sculpteur
qui ne peignait pas par incohérence ; a vu
le jour dans une vieille vigne, n'est jamais
dans celles du Seigneur.

80. — *Le supplice de Tantale.*

Un chat mourant de faim contemple Trentemoult
Où sur la blanche rive il s'éveille des roses :
Malgré le clair soleil, ses yeux restent moroses,
Car il ne peut manger — hélas — les trente mous.

NOTE DU JURY. — C'est atroce tout simplement.

UN LÉZARD INCOHÉRENT.

81. — *Portrait de Saint-Saëns.*

ENRI GOLANT, né à bord, eaux calmes ; élève de MM. A. L'Eane
et Pique-lane (parb leu), demeure 49, rue de
Lerme à Bordeaux, aime la solitude et abhorre
la presse, quand il est pressé.

82. — *Les bienfaits de la presse* (*Réclame allégorie.* — *Nature morte*).

La Presse par sa force exprime le bon, le jus de chaque chose et la laisse
à sec. Grâce à elle, nous connaissons une foule de sirops, pastilles, pilules,
qu'elle nous laisse libre d'avaler et dont les bons effets sont incontestables,
comme le prouvent surabondamment les balances dans lesquelles une seule
enlève le catarrhe. (K tare.)

Grâce à la presse, tous les maux tendent à disparaître, on ne mourra bientôt plus que de vieillesse, et encore ce seront les plus pressés
Le fond représente un ciel gris, nuageux, pour indiquer l'incertitude *des
temps.*

Le canard ne figure au tableau que comme remplissage.

EYMEL (Georges) fils du futur prince de Bulgarie, né sur le beau Danube bleu, élève de Maygrier de 1516 à 1769. — Elève de Rabasson (le rempart de Belleville) de 1769 à 1803. — Elève de son professeur de 1803 à 1827. — Elève indépendant de 1827 à 1866. — Elève de rhétorique de 1866 à 188... 8, rue Notre-Dame-des-Champs.

83. — *Un Lapin.*

L'auteur l'a peint pour que les générations futures puissent retrouver les traces de cette race appelée à disparaître le jour où le paupérisme des michetons sera éteint.

FARCY (Léon), élève et fils de son père. — Né : coute pas les observations. — Taille : de cheveux. — Oreilles : d'âne. — Bouche : les trous. — Yeux : de perdrix. — Corps : de chasse. — Signe particulier : a eu 8 jours de prison, au 8e régiment d'artillerie, à Châlons, pour avoir égaré la clef du champ de manœuvre. — Adresse : particulière au bilboquet, dont il joue dans la perfection.

84. — *Un des astres en mer.*

FOL (bien), est qui s'y fie, tient cela de François premier. Inventeur d'un teniafuge puissant. S'absinthe quelquefois de chez lui pour aller faire des rêves en Champagne. Habite, pour ces besoins naturels, dans un bocage épais à Nantes.

85. — *Les Ténias.*

Craignez les *verres* solitaires
Sombres buveurs atrabilaires
Qui seuls voulez vider vos pots.

Crains aussi le *vert* solitaire
Rapin qui dans la gamme austère
Ne sais pas mêler, oh ! veinard !!!
Le vert choux au vert épinard.

Crains aussi le *vers* solitaire
Rimeur qui follement espère
Trouver la rime à tous les mots

86. — *Rêve au champagne.*

FIL-EN-TROP, incohérent de la dernière heure, pense aux autres et peu à l'huile — voulait exposer une grande machine, mais s'y est pris trop tard et de son sujet il n'est resté que le tronc. Habite Nantes.

87. — *Richesse et pauvreté.*

MISÈRE. — Tout est deuil, tout est sombre.
L'avenir, est tourment,
Car il pleure dans l'ombre
Un désenchantement.

Le hareng, la sardine,
La pomme et le croûton
Et de cela l'on dîne
En carême, dit-on.

Mais pour les pauvres hères
Il n'est d'autres repas
Leur hôtesse est : MISÈRES,
Jusqu'au jour du trépas !

RICHESSE. — Tout est joie et chansons
Les lèvres ont souries
De toutes floraisons
Les tables sont fleuries.

La truffe a son parfum
Excite le champagne ;
Le tourment est défunt,
L'esprit bat la campagne.

Et l'amour s'en mêlant
Tout chante et tout rayonne,
Puis ils vont s'en allant :
Lui, fier ; elle, mignonne !

UN LÉZARD INCOHÉRENT

FRIM. Jeune homme sage, s'appelle Gugusse pour les dames. Demeure quelque part aux environs de Paris. Élève des poules pour les amateurs, a fait :

88. — *Le Dernier.*

Parce qu'il n'a pas pu faire le premier.

GABRIEL (E.) encore un qui n'a pas envoyé de notice, c'est assommant, ça va faire un locataire de plus pour le 55 de la rue du Cherche-Midi. (Il paraît que sous ce prénom de Gabriel se cache Émile Zola, mais nous donnons cette indiscrétion sous toutes réserves.)

89. — *Un drame au fond de la mer (de Marmara).*

G. BI (RÉ) — né en l'an 66 de notre siècle à Saint-Denis la Chevassse, élève de Picou E. demande la cymaise et l'a la ou la mi le jury de déplacement fa, si la ment.

90. — *La sole l'a mis là.*

Note du Jury. — Composition musicale à l'huile harmonique en cinq jeux de mots (la, sol, la, mi, la), pour les esprits étroits et pas assez pondérés pour comprendre les incohérents.

GIBET. Nez auditif, ce qui lui a permis de trouver un procédé nouveau pour réunir deux sensations en une seule. Aime les liaisons pourvu qu'elles soient de courte durée, c'est pour ça qu'il a fait les Echos liés, un joli casse-tête chinois, pour ceux qui voudront se fatiguer l'esprit à en extraire trois explications différentes. Habite à Nantes quelque part..... il ne veut pas dire où.

91. — *Des Echos liés.*

GILBAULT DE BREST, port de guerre sur l'Océan Atlantique, bien connu par son goulet, 40,000 et quelques habitants. Sardines, harengs, maquereaux, torpilleurs, etc. Né nu et sans fard et lève à l'occasion, 3, rue Berthollet.

92. — *M. X. et sa fille.*

Portrait de famille à l'huile de Coco, les fibres du dit ou cellulose sont actuellement proposées au ministre de la marine pour le calfeutrage des coques de navire et des poules d'eau.

GOB, né le 31 décembre 1865, figurait à peine depuis 24 heures sur les registres de l'Etat-Civil au lendemain de sa naissance. (Oh! La Palisse). Vorace, il ne lâchait jamais le sein de sa nourrice, montrant ainsi son goût pour la beauté plastique. A cinq ans il était à l'école, et montrait un talent tout particulier dans la confection des boulettes de papier mâché. Pour varier ses plaisirs et reposer ses mandibules, il couvrait cahiers et livres de figures fantaisistes, dont on ne peut que regretter la perte pour l'art incohérent. Guidé par un artiste habile, ange à la figure sereine, il apprit à tracer des nez, nez humain. Après cette période chinographique, il aborda l'étude de la bosse, sous la direction d'un vieux maître. Fort de cette recommandation, le jeune poussin, qui n'était pas un aigle, tant s'en faut, sentant pousser ses premières plumes, battit l'air de ses ailerons et essaya son vol, sans trop laisser de plumes aux ronces des chemins. Demeure très peu chez lui.

93. — *On a souvent besoin d'un plus petit que soi.*

Bonhomme Lafontaine, à quoi pensais-tu donc.
En écrivant jadis cette profonde phrase ?
Au fluet instrument, sans merci ni pardon,
Qu'un pâle apothicaire emplit... grand bien nous fasse !

UN LÉZARD INCOHÉRENT.

4. — *Effets de nuit.*

> Ce vase, aux doux contours, qu'on appelle Thomas
> Exhale un frais parfum d'où monte l'ambroisie ;
> Et ce bougeoir, n'est-il pas cette poésie,
> Qui s'acclimate aux vents des intimes climats.
>
> UN LÉZARD INCOHÉRENT.

95. — *Apothéose d'un pompier.*
96. — *Alexandre et Diogène.*

> Diogènes, souffrant d'une vive colique,
> S'était sans se gêner assis sur son tonneau,
> Et tournait au soleil dans sa pose cynique
> Le bas des reins (c'était son côté le plus beau !)
> Lorsque derrière lui soudain se fit entendre
> La voix de ce fameux conquérant : Alexandre,
> Ce fils de Jupiter, vainqueur du monde entier.
> — « N'as-tu besoin de rien, philosophe sans gênes ? »
> — « Votre ombre me déplait, répartit Diogènes,
> Je lui préférerais un carré de papier ! »
>
> UN GRILLON INCOHÉRENT.

GRASSOU (PIERRE) Animal lié. Elève du collège de Nantes et de Laidet ; aurait pu l'être de Blondel, si celui-ci ne l'avait renvoyé de sa classe, pour un malheureux moulin à vent qu'il a pris pour son portrait. — Successeur des Charbonnier et des Guichet dans la musique, y ferait plus de bruit, surtout en allant à la Collinière.

Actuellement peintre en voitures à Paris, rue des Canettes, 16, d'où il contemple les tours de Saint-Sulpice et le clocher de Saint-Germain-des-Prés. Fait les réparations, les reboisages, le vieux et le neuf, et généralement tout ce qui concerne son état.

STEEPLE EN DEUX PARTIES

97. — *Pile.*
98. — *Face.*

G. RO D'ELS, né du néant, décadent par destinée, latiniste  balbutiant, peintre pas hilare, fait des tableaux tristes épattant que cela, gît à Nantes.

99. — *Brillante exécution d'un morceau à deux mains par un frère à quatre bras.*
99 *(bis).* — *Les ours se suivent et ne se ressemblent pas.*

Le 99 *bis* c'est le cadre.

HELESS (MARGUERITE), pas de Bourgogne), née à Puteaux un 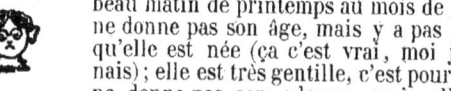 beau matin de printemps au mois de juin 18.., ne donne pas son âge, mais y a pas longtemps qu'elle est née (ça c'est vrai, moi je la connais) ; elle est très gentille, c'est pour ça qu'elle ne donne pas son adresse, mais elle connait très bien la reine d'Espagne.

100. — *Ce qu'on demande à une cantatrice quand elle va dans un salon.* — *Dame ! un petit morceau de chant d'elle.* *(Chandelle pour les gens qui ne sont pas forts en calembours.)*

HELLER, pas Stéphane, né à Ki lin, élève de Cepatte de devant. Campe rue de la Pierre soufflée, 1, au sous-sol.

101. — *Incohérent.*
102. — *Ma bourse ; deux doublures qui se touchent.*
103. — *Nouvelle enseigne pour marchand de parapluie.*

HENRIOT (ERNEST), Hyacinthe pour les dames, âgé de 18 à 40 ans, né au logis de ses parents à Paris, en l'an que l'on voudra. A le cœur très tendre. Elève de lui-même (plus que ça d'orgueil !). Peintre en bâtiment et auteur dramatique. Demeure (ceci encore pour les dames) 247, rue Saint-Jacques (un quartier chic), à Paris, au second, la porte à droite, il y a une sonnette et un paillasson (richard, va !). N'oubliez pas d'essuyer vos pieds.

104. — *Triptyque de la vie d'un Alphonse, sujet libre peint à la détrempe en l'an 86.*

NOTA. — Ce tableau appartient au musée de la Mecque.

H. I., né à Nantes, demeure dans un quartier où les rosières sont nombreuses. Inventeur d'un procédé nouveau.

105. — *Effet de givre.*

Nouveau procédé pour lézards incohérents, chapelures et farines collés sur papier sans colle.

JANE (sans nom de famille), née en Dormie, élève de Rubens et d'Eugène Delacroix (de sa mère), 55, rue du Cherche-Midi.

106. — *L'amour propre et l'amour sale.*

Lequel des deux préférez-vous
La tant gracieuse marquise ?
Fi le sale. — L'autre est si doux.
Pourquoi ? Pour une chose exquise.

UN LÉZARD INCOHÉRENT.

JORDAN (Michel de), né le jour de sa naissance, au seuil de la maison du nº 17, place de la Grand-Pêcheresse. Aime le grand air et les voyages. a été sur le Pô pour voir l'œil du Sphinx, Peint sans démêloir, mais avec les brosses du sieur Blaireau et de la demoiselle Marte.

107. — *Raphaël.*
108. — *Les deux gendarmes.*

KOTEK de veau aux carottes de chiffonnier jamais quand il est sorti mide avec les dames de carreau dans l'œil de la providence devant le buffet quelquefois, rue de Buffon, 41. Juré supplémentaire.

109. — *Mars et Vénus*, ou *le Sous-lieutenant dans l'Afrique australe.*
110. — *Hercule entre la Volupté et la Vertu.*
111. — *Siège de troie.*

Peinture antique.

KHOU-RA-OUNNOWRÉ-KHÉPRAOU (en français : le futur brillant soleil par excellence) né à Boulacq (Egypte), archéologue aussi peu nu que mismate, demeure dans un sarcophage, chez son professeur E. Meruni.

111 *bis.* — *Amenothep XXIII, momie sacrée.*

Antique trouvé à Philé-les-Kou-tò (Thébaïde).
Restaurations : 1º le haut du front, le nez, les joues, les yeux, les mains : 2º la coiffure, la gaine du torse et des jambes ; 3º la base, les attributs, les couleurs.
N.-B. — La feuille de vigne est de l'époque. — Dédié à M. Ravaisson.

LABY — ne fait pas le moine — de son petit nom Julius — pour ses intimes. — Né difficile que pour la nourriture. Peint d'inspiration, élève de Cabanel (plus qu'ça de chic), reste, quand il n'est pas sorti, 14, rue Bonne-Louise.

112. — *La Clé-au-pâtre.*
113. — *Portrait chargé de M. de W.*

Tenant une plume-cravache,
M. de W., nous le savions bien,
Est à cheval toujours et sans relâche,
Même sur un sujet de chien !

UN GRILLON INCOHÉRENT.

113 *bis.* — *Un inconnu.*

LALANNE (Mme de), née à Paris. Habité à Grillaud, près Nantes. Elève de...., ne l'a pas dit.

114. — *Un régiment de ligne de Florence.*

Note du Jury. — Ç'a fait un, aux premiers les bons on a parié au fumoir de l'Exposition que ce premier, de ligne, serait suivi de plusieurs autres. Celui-là est en ligne — position n° I.

LE BOUILLANT a toujours froid. Né ant. à Pigalle. — Elève des poids de 100 kilogs avec une grue à vapeur.

115. — *Vitrail opaque.*

Pour décoration de chambre d'aveugle. Peut aussi servir à faire des binocles Byr.

LE BRIN D'AUZIER, né à l'île de Sein, élève des canards, se baigne à toute les marées et redoute les pécheurs.

116. — *La manne au désert.*

Note du Jury. — C'est la seconde, les Hébreux ayant dévoré la première. Et on ne dira pas que les beaux esprits ne se rencontrent pas.

LEO (Paul), badigeonneur, né à Chiasso, près du Pô, élève de Paolo Veronèse, loge dans un arbre du Jardin des Plantes.

117. — *Veux-tu voir la lune, mon gars ?*

LANDROMOLE, né Nantais, vit à Nantes, aime Nantes, mourra à Nantes.

118. — *Un soldat et les gants.*

LEROY SAINT-AUBERT (CHARLES), né site pas entre un demi et un verre d'eau car Leroy boit, élève un pied de lierre qui ne veut pas pousser. Descend des Croisées, c'est pas étonnant, il demeure au premier rue du Cherche-Midi, 55, vis à vis Paqueau à gauche dans le coin (renseignements gratuits).

119. — *Rendez-vous (Pont-Royal).*

LOFRONY, élève pharmacien et d'Armand Silvestre, — habite Nantes.

120. — *La fontaine de Jouvence.*

> Avant, ma noble dame
> Vous aviez peine à l'âme.
>
> Pendant, votre sourire
> Est doux, mais quel martyre.
>
> Après, tout à la joie
> Quand l'vase intim' fumoie.
>
> UN LÉZARD INCOHÉRENT.

LOU-FOCK (né a quilin) élève de François (1er au-dessus de l'entresol) chez lui tous les jours excepté la semaine et le dimanche, 81, rue Taitbout.

121. — *Moïse sauvé des os.*

L. ZOT, né à Nantes, habite Nantes, vit à Nantes, et n'a pas voulu en dire plus long. En barbouilleur.

122. — *Une Algérienne et une Mexicaine.*

MAC-NAB (MAURICE). Poète et fumiste, a fait les *Poèmes mobiles* (chez Léon Vanier), demeure 44 rue Sainte-Placide, est né en l'air dans l'éther. Demandez-lui sa chanson « l'Expulsion ». C'est rigolo comme tout.

123. — *Le Gardien du Sérail.*

Nourri dans le sérail, j'en connais les détours.
On remarque dans ce tableau :
1º La belle Fatma.
2º La vilaine Fatma.
3º La terrible Fatma.

MARIUS, né pas Romain, mais romantique tout de même, impressionniste très impressionnable, aussi a-t-il peint son tunnel sous le coup d'une très vive impression. Habite quelque part à Nantes.

124. — *Le Tunnel.*

MASSE née à Nantes, griffonneur de naissance, mathématicien d'instinct, a résolu une colle dont un ne serait pas sorti. Ne s'est pas désolé lorsqu'on disait : « Mas qu'a raté sa carrière, c'est un Mas toque ». Ce gourmand piocha jusqu'au jour où on dit de lui : « Mas... peint bien ». Signes particuliers : se fait servir par un nègre qui lui dit : « Mas...sa va bien ? bon nègre à maître, a mis bon cornichon à Mas... sérer dans vinaigre pour pick-nick à lui. » On peut juger par là ce que Mas... cote.

125. — *Problème incohérent :*

Un entier dont la moitié fait le quart. Problème dédié aux lycées de filles.

Lantier, ce rustre infâme, avait dit à Nana :
T'entends, j'veux pour ce soir un' casquette de soie.
Elle avait dit : Ah! zut! il répondit : J'veux, na!
Et la moitié fait l'quart à l'heur' où l'gaz rougeoie!

UN LÉZARD INCOHÉRENT.

126. — *Saint François d'Assise apprend aux poissons à compter sur leurs doigts.*

Effet lumineux aux jaunes d'œufs (souvenir du Salon de Nantes) à l'usage de l'instruction obligatoire des Nasses.

Le soleil sur le point d'abandonner la terre,
Lui jetant comme adieu son rayon le plus pur,
Fait resplendir au loin les collines d'azur,
D'une clarté suave et pleine de mystère.

Et saint François d'Assise, ascète au front austère,
Fuyant les vains mépris des hommes au cœur dur,
Instruit les poissons qui, du fond du lac obscur,
Accourent à la voix du divin solitaire.

Un caniche fidèle, et qui jamais ne mord,
Auprès d'une grenouille, à genoux sur le bord,
Ferme l'œil endormi par sa douce parole ;

Et les petits poissons, avec un air narquois,
Regardent cet apôtre avec son auréole,
Qui vient leur enseigner à compter sur leurs doigts.

UN GRILLON INCOHÉRENT.

127. — *Passage d'un régiment de ligne.*

IMPRESSION INCOHÉRENTE.

NOTE DU JURY. — Et de deux, celui-là est en colonne pour varier l'aspect puis il est suivi d'horizontales, ce qui ajoute à la vérité.

3

MAXILLAIRE SETH, de l'institut Pasteur, né à Mords-les (Côtes-du-Nord), élève deux geais (Rome), qui chantront (Nantes), 69 médailles de sauvetage, 10 plum-pudding d'honneur, à Nantes rupin et aboie (Loire-Inférieure).

128. — *Le chien nantais.*

Cuirassé d'indulgences (juge un peu mon bon s'il ne l'était pas) où l'œil du mètre. Tableau qui n'est guère golo en dix sections ; l'as actif ; hy dre aux piques, système piteux, etc... par Ker... golo de la Tombola. Tu nous rases. « Figaro tu n'es qu'une bête et ton mètre le voilà. »

MAYGRIER (Raymond, Poireau, commandeur, professeur, don Juan) fait la cour et les cours aux demoiselles (25 centimes l'heure), cramponne tout le monde quand il vient chez Jules Lévy, fait des observations à tout bout de champ de navet. A soudoyé les électeurs pour se faire nommer du jury (et n'a pas payé, poil au nez), élève de n'importe qui (poêle Chouberski), va à toutes les kermesses (poil... eh bien pas du tout). Dessine comme un... Maygrier. Déjeune chez la mère Abadie à qui il chippe son papier à cigarette si connu (Prix des réclames : 3 fr. la ligne). Ah ! pis flûte, en voilà assez. Alard est idiot, c'est lui qui a fait ça, il n'ira pas dîner, 55, rue du Cherche-Midi. Ce qui n'empêche pas Maygrier de demeurer, 4, rue de Vaugirard chez Mme Maubert (pas à sa place).

129. — *Amour et devoir.*

Dédié au docteur Gérard.

130. — *Le Croyant ou l'antisceptique.*

Portrait du malade.
N. B. — Quinze de ces tableaux ont été refusés par le jury. Ainsi jugez !

MÈNE EAU ou MÈNE HOTTE (Henri-François), né à.... (ça vous est ben égal), élève de.... (j'veux pas l'dire ça lui f'rait honte), demeure... (c'est trop haut vous n'pourriez pas y monter), et en v'la ben assez.... tirez la ficelle.

131. — *Cogito, ergo sum.*

Emule de Descarte, un humble cavalier,
Murmure en bouchonnant, à son noble coursier
L'endroit tout parfumé d'où le crottin s'enfuie :
« Je panse, donc j'essuie »

UN GRILLON INCOHÉRENT.

MERUNI (ERNESTO, FRANCISCO, etc.), né à Paris (Seine) un premier-janvier, — quelles belles étrennes ! — vient de faire ses 28 jours et n'a pas maigri — vive la gamelle ! — mais n'a pu se résigner à porter sa barbe (je crois bien, elle ne pousse pas) ; élève de Kotek et du commandeur ; rue du Cardinal-Lemoine, 49, tous les jours de minuit à six heures du matin, il y a un paillasson à la porte : essuyez vos pieds et tirez celui de biche.

132. — *Les Commandements de l'incohérent.*

En collaboration avec Kotek, qui en fait bien d'autres.

MIE-AU-LAIT, né dans une tasse, timide à l'excès, il s'est enfoui dans des fouilles archéologiques pour fuir le monde. N'a pas envoyé de notice — il en aura une tout de même. — N'aime pas qu'on parle de lui — on en parlera quand même. — N'a exposé que devant la force des baïonnettes ; un peloton d'incohérents, commandé par un millaire de l'époque romaine, a seul pu avoir raison de lui. Habite sous un tumulus quelque part à Nantes.

133. — *Le Colosse de Rhode (sculpture). D'après la description d'Hérodote. Projet de statue de 34 mètres de haut pour l'entrée du port de Trentemoult.*

> Un pied sur chaque rive, ô colosse de Rhode
> Tu regardes, surpris, le fleuve limoneux,
> Apporter doucement un point volumineux,
> Se changeant en bateau de papier, qui maraude.

UN LÉZARD INCOHÉRENT.

134. — *L'amour et la cocotte (sculpture). Fragments d'une statuette trouvée près de la maison des Vestales, à Pompéi. Dieu lare de ce séjour de plaisir reconstitué par l'Exposant.*

> Son clair regard semble rêveur
> En contemplant cette cocotte
> En papier, amour, doux sauveur,
> Ton baiser s'achète et se cote.
>
> Sa vertu ressemble au papier,
> Un souffle suffit, elle crève,
> Mais au bruit de son petit pied
> Le collégien fait un rêve.

UN LÉZARD INCOHÉRENT.

135. — *M. X... terre cuite.*

A M. DE W.

SONNET INCOHÉRENT

Incohérent ! Ce mot fait rire les bourgeois
Qui vendent des pruneaux dans l'étroite boutique,
Avec un air nigaud, cocassement antique,
Vil éteignoir fumeux des immortelles joies.

Couchant, quand sur la ville austère, tu rougeois
Éclairant de la nuit le gracieux portique,
L'incohérence alors impose sa tactique
Et dit à ses dévots : Faites comme les oies

Sauvez le Capitole où s'endort le sourire.
Il meurt, froid moribond, sur la piteuse couche
Que le mépris transforme en robe-déjanire.

A toi, M'sieu l'Président, j'offre ces rimes frêles.
Nantes sera sauvé, car la nouvelle couche
Vers un ciel rigolo vient d'entrouvrir ses ailes !

UN LÉZARD INCOHÉRENT.

136. — *Cornet charge de M. Th. M.*

M...... drape sa tête
De journaliste et de poète
Dans un cornet que ses talents divers
Transforment soudain à leur guise
En article de prose exquise,
En charmant volume de vers.

UN GRILLON INCOHÉRENT.

137. — *Charles le Chauve enfant.*

MISS ELLA Là ! Né, je ne sais pas, élève, je le sais encore moins. Tableau corsé, à ce qu'elle dit.

138. — *Niche à Saints.*

Nouveaux modèles pour Églises.

NOTE DU JURY. — C'est un corset, oublié par l'habilleuse de l'Exposition dans un Slipping-car, qui a pris la direction de *viâ* Pau. Ne pas le chercher dans la salle il continue son voyage au sein des Pyrénées.

NIAGARA (n'a rien de commun avec la chute d'eau de ce nom). Né pas Bourbon du tout, élève de soi-même, comme a dit Socrate. N'a jamais été pris de Rhum s'étant spécialement livré à la peinture à l'eau, la pipe de vin sa consolation. Spécialité de croûtes à l'huile pour les jours maigres. Demeure..... On n'saura pas. Nantes.

139. — *Portrait de famille.*
140. — *Famille comme on n'en voit plus.*

NICK (ATHANASE-NÉPOMUCÈNE), né à Seringue-à-pattes (ham), le 32 décembre 1880, élève de son père, cordonnier en tous genres, fait le vieux et répare le neuf, médaillé de quinzième classe à l'Exposition de Saint-Denis-la-Chevasse, 31 août 1875.

141. — *Dis-moi ce que tu chausses, je te dirai qui tu es.*

ÉTUDE PAR UN CUL-DE-JATTE PHYSIONOMISTE

```
Eh ben quoi ! Gn'ia qu'des pieds ic.....   I
Cul-de-jatte, les pieds c'est mon dom.     N
Mais à la fin j'en ai a..................   C
J'les connais tous, le p'tit, le gr.......  O
C'lui du grand homme, c'lui de la gan.     H
Pat'de belle-mère, bateau d'huissi....     E
Et planche à pain du milit...........      R
Arpion d'gommeux, patte d'cocot....        E
Vrai j'peux dire à l'engeancé hum....      N
Dis moi c'que tu chausse, j'dirai c'que..  T
```

142. — *Une jeune fille jette son bonnet par dessus les moulins.*

NOG PI, néz camard à Nantes — plus qu'incohérent — peint d'après nature, en sculpture étoffée. Habite un cabaret à Nantes.

143. — *Le vin, l'amour, le jeu.*

NOEL (GEORGES), né à Montmartre, élève des Bains à sa fenêtre, non des plantes grimpantes, au 12, dit qu'il voulait faire une grande toile, mais n'a pas eu le temps (c'est une blague).

144. — *La Mouche et l'Araignée.*

Une araignée avait une faim formidable
Elle aperçoit soudain plus heureuse qu'un roi
Dans sa toile empêtrée une mouche admirable.

MORALITÉ

On a souvent besoin d'un plus petit que soi.

NOTE DU JURY. — Ce serait très-bien, si l'araignée avait consentie à venir à Nantes, mais l'exposant l'a conservée pour son plafond. (Ne pas la chercher dans la salle d'où l'on a soigneusement banni toutes les toiles d'araignées.)

OLIVIER (RENÉ). Prière de respirer longuement entre la dernière syllabe du prénom et le mot suivant.) Né au logis paternel... Rue... pas de réclame. Cultive les arts horizontaux et les mauvaises connaissances. Elève de l'école du bon sang.

145. — *La Coupe et le Bœuf.*

Peinture à l'huile et à la colle. Nature morte vécue dans les prés fleuris qu'arrose... de Bengale.   (D'après mon boucher.)

PAS-CHEZ-LUI les trois quarts du temps, il habite en bel air, mais aime mieux l'aller prendre ailleurs. Perche en haut le jour et git au rez de chaussée la nuit. Doit arriver parce qu'il a su être incohérent du jour au lendemain. Peint en tout genre, tous les genres masculins ou féminins à la couleur neutre. Attend des commandes. Adore les militaires, c'est pour ça qu'il en a peint un trois fois et demi..... avec la bonne d'en face qui ne les déteste pas non plus.

146. — FRONTISPICE DE L'EXPOSITION

Sur un char attelé de fringantes tortues
La Renommée aux cent bouches, dit aux rapins :
Je vous mène à la gloire immense, et je me tues
A dire aux acheteurs : surtout pas de lapins.

UN LÉZARD INCOHÉRENT.

NOTE DU JURY. — Celui qui traitera ce chef-d'œuvre d'enseigne sera traité par le médecin aliéniste de l'Exposition, il sera sûrement *charcoté*.
Porte le n° 146 du Catalogue comme si il était dans la salle, mais reste au-dessus de la porte de la rue.

147. — *Effet du Darwinisme.*

Passant, tu vois cette ouverture,
C'est un miroir fort curieux,
Où ta primitive nature
Se révèle devant tes yeux.

UN LÉZARD INCOHÉRENT.

AVIS IMPORTANT. — On est prié d'enfoncer franchement son facies dans l'ovale. Si l'on fait une grimace au sujet, il la rendra sans usure.

148. — RATÉE.— *Projet de panneau décoratif pour le mess des sous-off... du 29e dragons, dont on étudie l'organisation au ministère de la guerre.*

1°
Mad'moiselle, j'suis t'un dragon,
Vous êt' gentil', coutez-moi donc,
Cré nom d'un nom.
Que j'voudrais ben, M'sieu l'militaire.
Mais c'est la petit'. Faut la fair' taire.

2°
Ma fillet', veux tu, dit l'dragon,
D'chez Sarradin v'là du bonbon,
Cré nom d'un nom.
J'demand' pas mieux, M'sieu l'militaire,
J'vous trouv' un charmant donataire.

3°
Et la bobonn' suivit l'dragon
Derrière la meul' sur l'gazon,
Cré nom d'un nom.
Qué qu'vous voulez, M'sieu l'militaire,
J'ai d'la vertu. Faut pas m'la faire.

4°
Mais v'là l'averse et l'beau dragon
Sacrait en disant : quel guignon!
Cré nom d'un nom.
La goss' criait. M'sieu l'militaire
Faut s'contenter d'préliminaire......

UN LÉZARD INCOHÉRENT.

PÉDURELLE, né en Auvergne, dans un trou (Madame), marchand de charbon avec annexe où il débite du mauvais vin. — 4, rue Debrousses à Chaillot.

149. — *Madame attend Monsieur !!!*

> Ainsi que la sœur Anne,
> Je ne vois rien venir.
> Angora que Dieu damne,
> Roi de mon avenir !
>
> Enivrante et câline,
> La chatte, aux grands yeux verts,
> Sur sa lèvre féline
> A des baisers pervers.
>
> Oh ! la caresse aimée
> De son beau chat frileux,
> Car sur l'herbe embaumée
> Le lit est moëlleux !
>   UN LÉZARD INCOHÉRENT.

PÉRINET (Louis) dit l'Expulsé, né aux cieux, ça ne lui a pas servi, car il n'a vraiment pas des formes divines. Loge où il peut, quelquefois, 176, rue du Temple, Élève, rien.

150. — *Portrait de M. X..., célèbre opticien (vu de dos).*

PIERRE DE TOUCHE né à la carrière de Chantenay — élève des vers à soie pour tisser des toiles qui plus tard lui serviront à faire des croûtes... pour les jours de faim. — Aime la campagne. Habite au *Café des Quatre-Saisons*, Nantes.

151. — *La cathédrale de Nantes* (cinq pierres).
152. — *Notre-Dame* (cinq louis).
153. — *La Réforme judiciaire.*

> Ouvrez le carton et regardez.

PI-OUIT (Tounug cupidon, etc)... né lève de personne (squi lui père mets de tels hors-d'œuvre). Perche sur la troisième branche du septième arbre du troisième rang du quinconce du cours a 5-Pierres. Atelier, sous la mille quatre-vingt-cinquième touf d'erbe de la sixième Vasière de Belle-Ile en bois (pas souris). Reçoit la nuit de Réveillon et de Mardi-Gras à son atelier et les autres jours mais jamais (c'est le contraire).

154. — *Moi seul et cétacé.*

Fuite chez Paule Nord d'un jeune critique de Lard Nantais qui n'est guère rigolo, mais qui croit-t-être seul avec son pliant, sa pipe et une lettre jettée de dégoût, il pense à sa supériorité malgré les sages (pas de graisse) avis de mer, songe que lui seul c'est assez.

PONVOISIN (Ernest), beau mais charcutier, voir la photographie jointe à cette notice, né à Vaucouleurs patrie de Jeanne d'Arc; vend du lard du matin au soir au marché de la Villette au n° 148, aime sa femme et ses enfants, fait bien d'agir ainsi et expose, pour toutes ces raisons.

155. — (A été oublié en gare ; n'a peut-être aussi jamais existé).

156. — *Holopherne décapité.*

On ne voit pas Judith, la charcutière qui fuit derrière le cadre.

RABIN (K.), chanteur en gros à l'Ermitage de la Galette, sur la butte, élève une nombreuse famille avec ses économies, doit trois sous à une commerçante de gros et détail qui n'a pas l'habitude de faire crédit.

157. — *Vénus éclipsant le soleil* (médaillon).

RAMOLI (Cervicus) son état mental ne lui a pas permis de se rappeler de son nom, de son lieu de naissance, non plus que du nom de ses professeurs, n'a pas envoyé de notice pour ces raisons plus que suffisantes, aussi il n'en aura pas.

158. — *Un régiment de lignes* — peinture impressionniste.

Note du Jury. — Et de trois, pour varier l'aspect on a disposé celui-ci en carrés. Il n'y a rien de tel que l'incohérence pour se faire rencontrer les beaux esprits

REGNIER (Émile-Antoine), né à Bagnères-de-Bigorre. État : Joalier (*sic*), raccommode pendules, cadrans, montres, horloges, coucous, réveils, œils de bœuf, chronomètres, aux plus justes prix. Élevé de l'École d'horlogerie de Saint-Christophe en Macédoine. Met des gants et des chaussettes. Demeure près des Halles (cherchez dans la rue Greneta).

159. — *Que fait-il ? Élève des oiseaux.*

ROY (Ernest), né aux Graphes, a vu l'Amérique, mais ne l'a pas découverte, fait partie en cette qualité de plusieurs sociétés Christophe Colombophiles, est venu en France, a passé sa jeunesse dans la Sarthe, son adolescence dans les Vosges : en a conservé l'accent marseillais, mourra probablement à Asnières. Avec les autres, 55, rue du Cherche-Midi.

160. — *Les Rues de Paris (Seine).*

SANS-SECOUSSE. — Né creux de Nantes, dans une rue du vieux Nantes, au coin d'une borne-fontaine. Demeure, quand il y reste, 9, rue de Riquiqui.

161. — *Symbole de la Paresse au Ve siècle.*

> Jadis certain roi fainéant
> Vit un poil dans sa blanche main
> Depuis on dit d'un fainéant
> Qu'il a t'un poil au fond d'la main !!
>
> UN LÉZARD INCOHÉRENT.

SARGUES (MINE), ex-secrétaire du cercle artistique et littéraire de la Bohême. Élève d'un maître (sans blague) et de lui-même (Hélas !...) Vit le jour un soir à Montmartre sur la butte en butte aux luttes des élus et des damnés, célèbre par la décollation de Saint-Denis, 11, rue des Poissonniers.

162. — *Chapeaux en Espagne.*
163. — *Bas longs dirigeables. Système breveté.*

N. B. — On est prié de venir voir les restants de l'aéronaute à la prochaine exposition.

164. — *Pain d'après nature.*

L'auteur a vu coller ce pain de sa fenêtre, sans plus tarder il l'a peint voulant ainsi prouver que tout vient à poings à qui sait le tendre.

SAVOISY, s'est servi de sa notice pour envelopper les 4 sous de tabac nécessaires à ses recherches préhistoriques, comme elle était toute crevée par cet usage le jury n'a pu la déchiffrer et l'a retournée audit Savoisy, qui peut fumer, mais n'aura pas de notice. Habite Paris, c'est tout ce qu'on en sait.

165. — *Chênes antédiluviens.*

Dédiés à la Régie des tabacs et cigares extra-fins.

SIX-BRAS, né à Patay... Élève des poulets pour avoir des œufs à la coque ; et des coqs pour avoir des poules à poulets. Cultive les arts...tichauds, les fraises, les asperges, etc... dans son jardin qui est très long... mais pas bien large... mais d'ailleurs, comme cela ne vous fait rien... en v'là assez. Demeure à Bougre-la-Reine, avenue du Lycée Lakanail, au plus 9.

166. — *Grande occupation de beaucoup de gens.*

Tirer le diable par la queue.

167. — *Portrait d'après nature d'un exposant.*

Fait par lui-même le 25 décembre dernier aux bains froids d'Arkangel.

168. — *L'événement prématuré.*

La grande Mélie : « Tu vois bien, ma chère ! c'est ça le baptême du poupon à Jeannette Leleu, qu'a été rosière y a six mois. » — La Gotte : « Ah ! ben vrai ! qui aurait dit ça ? »

169. — *Les amours de Mars et de Vénus.*

Madame Villequin, née à Vainusse de Millau (Aveyron) flirtait avec Martial Marx, féraillleur de Saint-Flour, pendant que son mari s'esquintait à forger et que son Cupidon de fils, oubliant son arc et ses traits, dévorait des tartines de raisiné, dont il avait la figure toute barbouillée... Mon pauvre Villequin, ouvre l'œil, et dis à ta femme de débarbouiller le petit.

170. — *Orphée ramenant Eurydice.*

Antoine Norfai, musicien ambulant de Chambéry, est parvenu à r'avoir sa femme qu'un sieur Cerpan avait entraînée à la taverne de l'Enfer (quartier des Champs-Elysées). Il la ramène chez lui, rue Galande, à 1 heure du matin ; mais il ne doit pas la regarder avant d'avoir dépassé le pont de l'Alma, sans quoi les garçons dudit établissement, qui le suivent et l'observent, sont chargés de la reprendre et de la réintégrer... Ferme l'œil mon pauvre Antoine ! et laisse-toi conduire par ton fidèle mouton.

SPIK (A.), toujours né au grec, élève de futurs chiens enragés pour l'asile Pasteur. Demeure (chaste et pur) lui aussi ? par là, à Chaillot.

171. — *Projet de l'Exposition de 89.*

Le seul à peu près sérieux. Enfoncée la tour Ficel ! Cascade de 100 mille mètres, cent mille fois l'auteur du théâtre Cluny.

172. — *Cheval de la Berline de l'ami Gray.*

Groupe d'après nature en 1521, par un ancêtre de Grille d'Egout, dit Tête de lapin ; extrait de sa turne en 89, pour prendre la Bastille.

TAROM (CHARLES). incohérent au biberon, né il n'y a pas longtemps, grandira bien qu'il ne soit pas Espagnol. A chippé un jour les culottes de son grand'père, qui se vit obligé d'aller aux champs dans un appareil primitif en dépit du garde-champêtre. A peint ce souvenir, en peindra d'autres. Elève de E. Ner. V., habite Nantes.

173. — *Un sans-culotte.*

NOTE DU JURY. — Celui-là au moins n'est pas dangereux.

THOMAS, ne l'avoue pas, mais s'appelle Jules de son prénom, sent bon parce qu'il se parfume, vend
des anses et de la pommade pour faire pousser
les cors aux pieds, se laisse consulter tous les
jours de 10 heures du soir à 6 heures du matin, 5, boulevard Beaumarchais (discrétion).
Elève des jeunes filles dans les bons principes, né au coin
du Champ de Mars, un soir qu'il neigeait, dort peu, mange
mal, digère bien, boit beaucoup, est à marier, n'est pas
mal physiquement, voir sa tête plus haut.

174. — *Cinq semelles en bas longs.*
Acheté par Jules Verne.

TOLAV-SEGROEG, hongrois de Montmartre, a visité le Caire
et demeure chez un de ses amis, a du talent et
le prouve.

175. — *Les Batignolles trois ans et demi avant J.-C.*
Peinture à l'huile sur papier Emeri.

TOTOR-BESS (HECTOR T'AS TORT), né à Longé (Bouche-Moyen-
ne), élève de Charcutier, peintre d'histoire (de
rire) sur le bi du bout du banc, demeure au
Paradis (des dames) et à Paris. Désire se marier, bonne position, très pressé, rien des
agences.

176. — *Pied-de-Marmite prêchant la guerre sainte aux croisées.*
NOTE DU JURY. — Marmiton va!!

TOUCHEZ, né dans le vague, ne manque pas de consistance.
Incohérent à ses heures. Habite Nantes.

177. — *Retournez S. V. P.*

Vous qui vous attendiez à contempler des roses,
Vous trouvez un Monsieur à l'œil étincelant
Qui vous dit : Nom d'un chien! Vous êt' pressé, j'suis lent.
Est-ce ma faute à moi, mon bonhom', si tu poses
            Un moment!
                    UN LÉZARD INCOHÉRENT.

NOTE DU JURY. — Voilà qui va faire faire un nez aux gens pressés.

U-KOL, né à... il n'en a pas le souvenir — aime la colle, bien qu'il ait un ménage régulier — peint à la colle et colle ses créanciers à la porte. Signe particulier, porte des faux cols et habite Nantes.

180. — *Un combat de nègres dans la nuit à Saint-Domingue.*

VAN BROECKEN, né loup de mer à Nantes, élève d'un tas de conseillers (pas de préfecture), aime le pain et pain dur. Respecte la mer (ira au ciel), la peint sous toutes ces surfaces.

181. — *Le Vaisseau Fantôme.*

Quand Wagner écrivit son beau « vaisseau fantôme »
Pensait-il que plus tard — un bon peintre de mer
Le représenterait — le sarcasme est amer —
Par un pot de deux sous, mystérieux atome.

UN LÉZARD INCOHÉRENT.

NOTE. — Un vaisseau va quelquefois sur le Po.

182. — *Mark'h-Goëland. — Traduction d'une légende bretonne. On demande un linguiste celtique.*

VAN D'LA MER DE MOLE, né à Nantes, élève de Gérome (plus que ça de chic).

183. — *Art et liberté.*

Dans cette peinture admirable,
L'homme de progrès est surpris
De voir joindre à la fois l' « Utile » et l' « Agréable. »
L' « Exercice du Corps » à « celui de l'Esprit! »

UN GRILLON INCOHÉRENT.

V. AN DRIN OPLE (Gaston), né boulanger, rue du même nom, élève d'un membre de l'Institut dito, blague le général dito.

184. — *L'Armée barbue.*

" *Béni sera le jour,* " disait un général,
Où fêtant dignement le jour de Sainte-Barbe
Les régiments entiers — ainsi qu'en carnaval —
Se laisseront pousser une abondante barbe !

UN LÉZARD INCOHÉRENT

VANFIN SCHEN (Ourida), née à Croustdam, sur les bords du fleuve Orange, dont elle a conservé la fleur distillée dans une petite bouteille, élève de Kotek, demeure d'amour pour lui.

185. — *Les Sept Péchés capitaux*, vus par les pieds.

VIMBLANT (Jacques). a envoyé une notice dont la teneur suit : « Je suis né à Nantes en 1859, je mesure un mètre soixante-treize centimètres, et malgré ma taille ordinaire, mon front ordinaire, mon nez, mes yeux, mon visage et mon teint ordinaires, je suis très bien proportionné, j'ai appris l'incohérence en écoutant les petits oiseaux chanter dans les aubépines des routes ».

« Nota-Bene : Les personnes qui désirent voir mon mollet peuvent s'adresser à la Mairie, au bureau des mœurs, de dix heures à minuit, on fera quête pour mes petits bénéfices. On n'est reçu qu'en toilette de bal. »

186. — *Le chameau et les batons flottants.*

Fables du bonhomme Lafontaine, mises à la portée de la Jeunesse. — Dédiées à mes fils quand ils auront 12 ans.
Fable vi — Livre ix.

187. — *Le veau d'or. — Interprétation de la France Juive.*

VIVIEN (Paul, Antoine, Sébastien, Hubert, etc.), né aux Hydres-aux-pattes (Seine-et-Bock), élève d'Emile Cohl (flattons le jury !). Pas-né depuis plus tendre enfance, n'aura son tableau exposé que s'il y met un cadre, prise et méprise ce qui lui plaît ou lui déplaît, est avocat l'hiver et en vacances l'été. Voilà.

188. — *Le Prince Kamarakiki cuirassé de son innocence.*

XAM (Marcel), né à Nantes et aquilin, élevé au biberon. Plein de bobos dans sa jeunesse, il joue des maux et en rit aujourd'hui. Habite une rue qu'il n'ose indiquer, parce qu'en y ajoutant trois lettres il serait crucifié. Signe particulier : protége par des culottes à triple fond ce qu'il n'ose exposer en public. Incohérent d'instinct.

189. — *Mes Fez.*

Honny soit qui mal traduit.

YCRAF (J.), Ça, ca-ca. Phérussin vingt cent à Montmarthe, demeurant, 13, rue de Clignancourt, liquoriste, élève de son fils.

190. — *Sac à café, rue Saint-Vincent, à Montmartre.*

NOTE DU JURY. — L'artiste nous a déclaré avoir usé 3397979 tubes de couleur pour peindre son chef-d'œuvre sur un envoi de moka.

YSIODE (C.), né n' la pas dit, habite on n' sait pas — peintre de fleurs et de puits — a essayé sa première étude de plastique à l'occasion de l'Exposition des incohérents. Nantes.

191. — *Descente en bas longs.*

Combien voudraient être dans la nacelle
Qui conduisit au-dessus des vallons,
Cette gentille et blonde jouvencelle,
Et point jamais..... la descente en bas longs.

UN LÉZARD INCOHÉRENT

WILHÉ, né à Nantes, Wilhé niche bien haut en l'air, ce n'est pourtant qu'un c.... q... errant (prière de ne pas faire de liaison) dans le poulailler de l'art... sous l'œil d'un vieux poulet au cou pie (on le dit) becquettant le sol dans l'espoir Wilhé, qu'il fera surgir une perle ou tout au moins un grain de blé. Nantes.

192. — *Le grand hiver.*
193. — *La prise de Rome.*

Ben quoi, disait l'grognard
J'reviens d'la prise d'Rome.
Car j'suis pas un cagnard,
Nom d'un nom, j'suis-t-un homme.

J'ai mis Rome en panier.
L'bel exploit! J'ai dans l'âme
Comme un feu printannier
Qui m'échauffe et m'enflamme.
J'ai mis Rome en panier!

UN LÉZARD INCOHÉRENT

NOTE DU JURY. — (Rhum pour ceux qui ne comprendraient pas).

SUPPLÉMENT

MÉNARD (Amédé), incohérent décédé, Nantes.

194. — *Croquis incohérent.*
195. — *Un désespéré.*

Note du Jury. — Croquis d'outre-tombe.

OUTRE DE RHIN. — Incohérent inconnu, vient on ne sait pas d'où, habite où il n'y a personne, cache son adresse pour éviter les suites de ses fredaines.

196. — *Craint le chantage* (terre cuite).

PATARA, élève de Grande Brise, n'a jamais été médaillé. Habite et travaille sur la grande hune avec son perroquet, descend souvent pour aller à la poulaine, visible tous les jours chez son parrain moderne. de 5 à 6, vous pouvez lui offrir un Picou (pas l'amère, mais la fille), il ne refusera pas.

197. — *Exhibition des Cinghalais à Nantes.*

URBAN (Ernesta) mal au ventre, 7, villa Michel-Ange. Ote œil, Elève le pied.

198. — *Au Paradis Maritime.*
199. — *Fantaisie sud-américaine.*

KARLOTIN (Népomucène). Il demande qu'on n'oublie pas sa fête, demeure sur les bords de la Marne, entre Charenton et Ville-Evrard. Raconte qu'il élève des hannetons jusqu'à son plafond. Prétentieux, va !

200. — *Un œuf sous le plat.*

201. — *Les Economies budgétaires de 1886.*

(Commandé par le rapporteur du budget.)

DUCEL, Albéric

NANTES

No 72

4

GOB

NANTES

Nº 94

E. NER. V.

NANTES

N° 80

LABY, Julien

NANTES

Nº 113 bis

MÈNE-EAU, HENRY-FRANÇOIS

NANTES

COGITO ERGO SUM.

(Je panse, donc j'écris.)

Nº 131

No 112

MAS

NANTES

GRAND CAFE

No. 125

COUTEAU
NANTES

N° 64

GOB

NANTES

Nº 93

5

CARTAHUE, Charlot

NANTES

N° 45

VIMBLANT, Jacques

NANTES

Jacques Vimblant

Nº 486

CHIMPANZÉ (L. dé)

NANTES

L. de Chimpanzé

N° 54

Nº 192

NICK, Athanase

NANTES

Nᵒ 142

M. DE JORDAN
NANTES

Nº 108

N° 11

WILHÉ, WILLIAMS

NANTES

Nº 493

CAROLUS - NOROB

NANTES

DISTRIBUTION AVEC PRODIGALITÉ DE LA FINE AUX DIX QUARTS.

N° 43

SIX-BRAS

PARIS

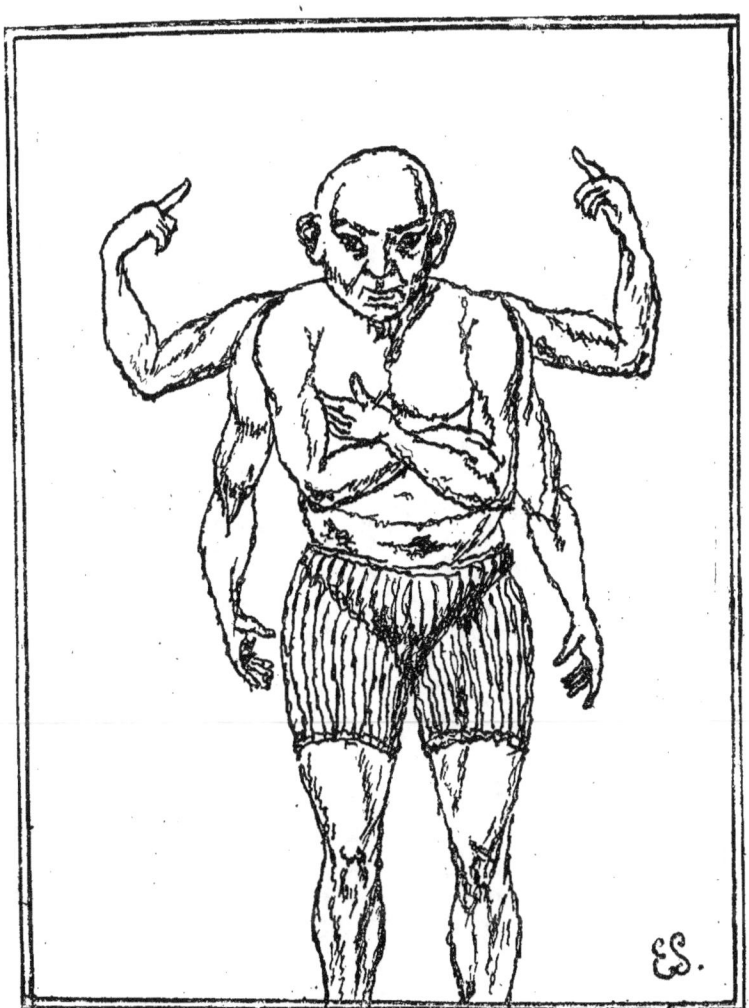

Nº 167

NICK, Athanase

NANTES

¡Nº 141

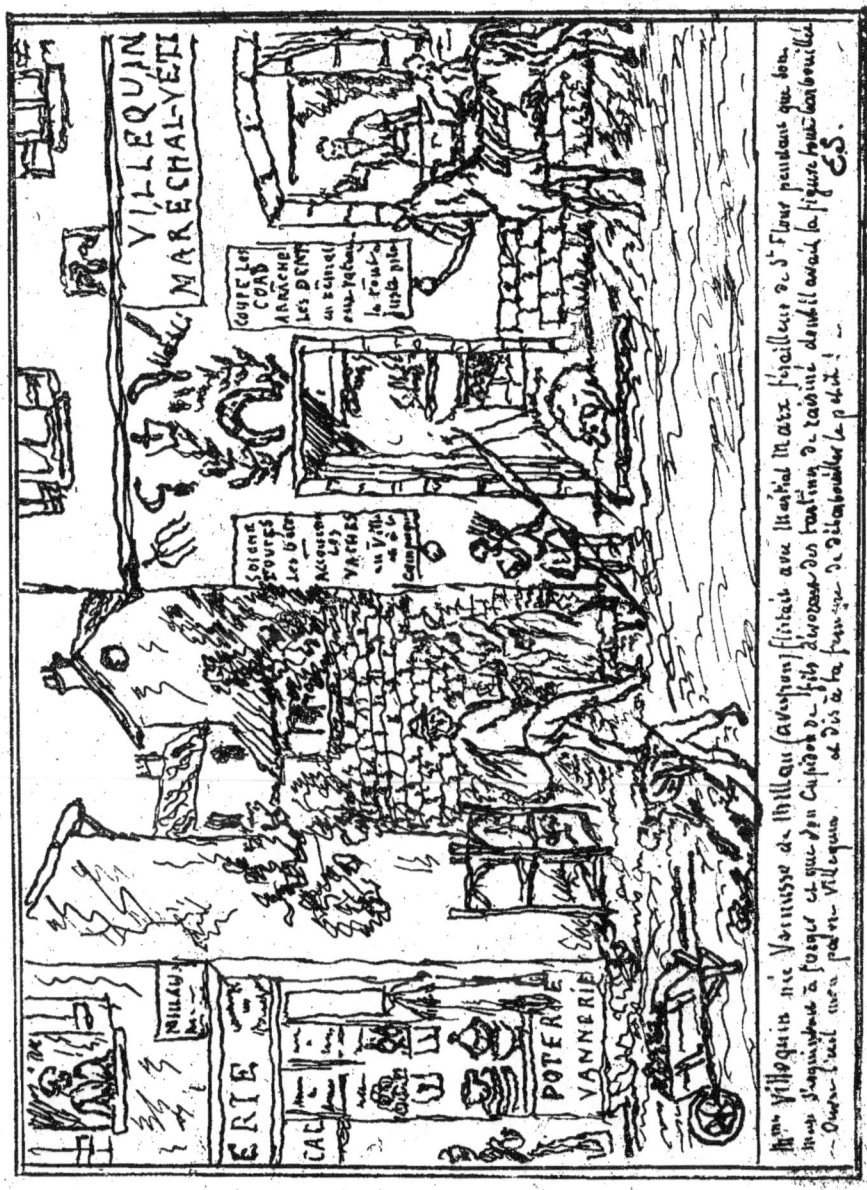

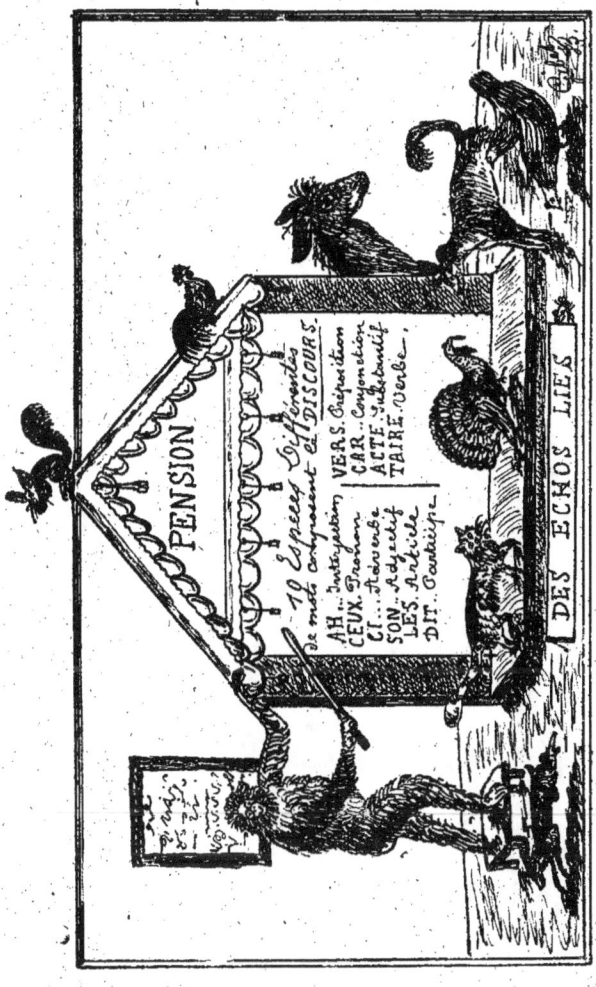

N° 91

TOTOR-BESS

PARIS

N° 176

M. de JORDAN

NANTES

Nº 107

N° 166

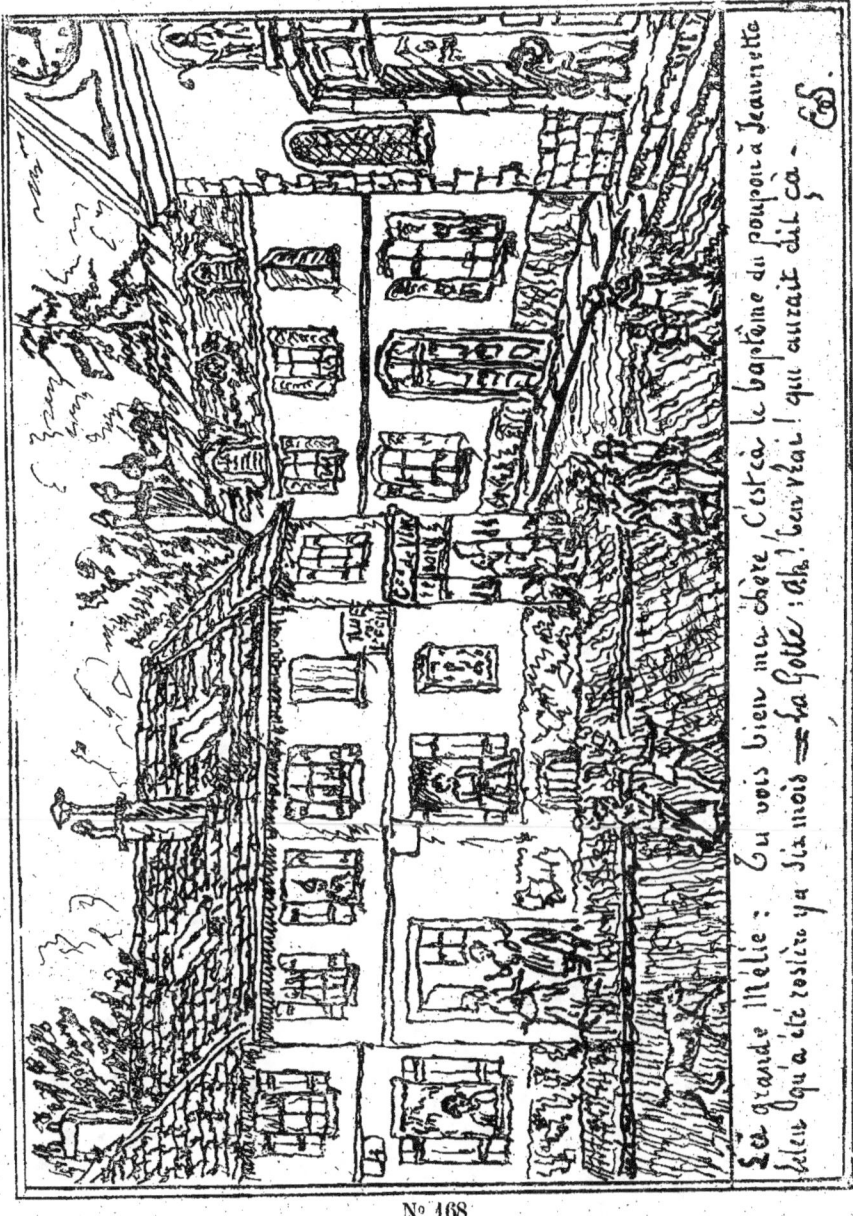

Ma grande Mélie : Tu vois bien ma chère, C'est à le baptème du poupon à Jeannette
Jelut Ogu a été reslève ya six mois = La Gotte ; Ah ! ben vrai ! qui aurait dit ca —

N° 168

PI-OUIT, Maxime

NANTES

Nº 134

L. CRÉPIN

ANCENIS

Bouquet !...

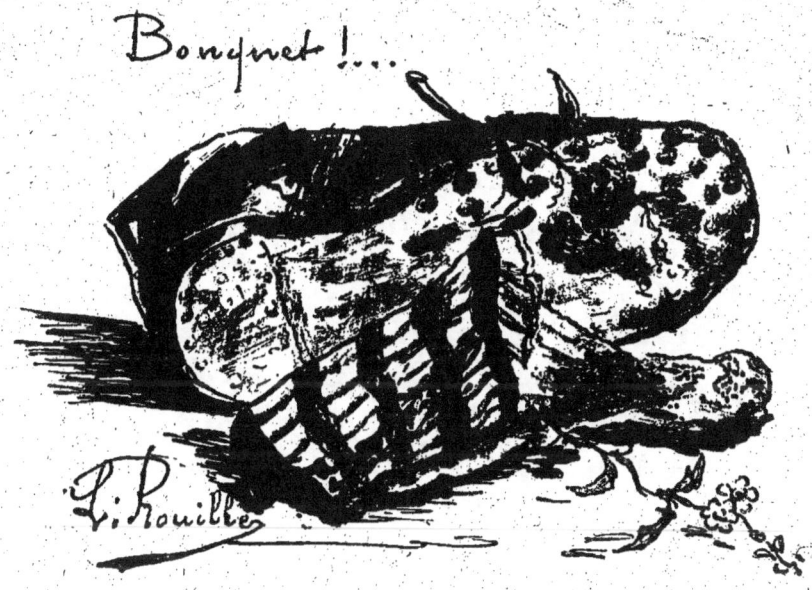

N° 65

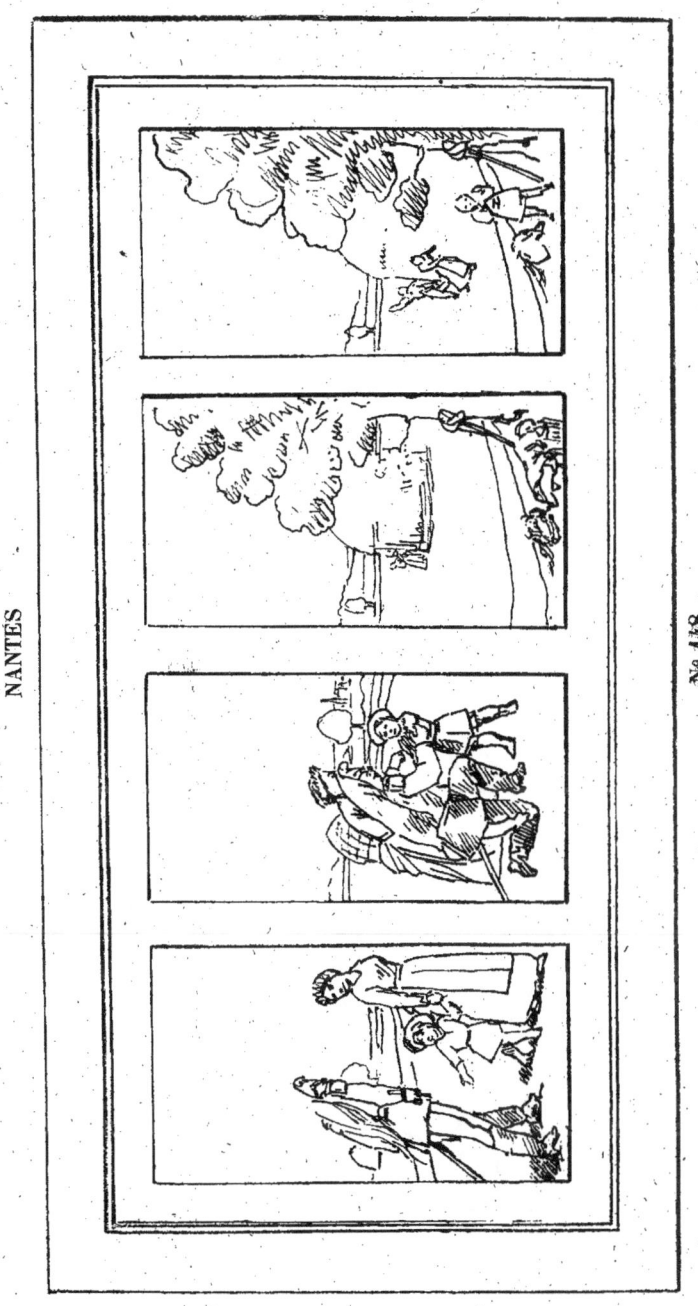

Nº 148

VAN-D'LA-MER

NANTES

Nº 183

N° 126

PAS-CHEZ-LUI
NANTES

Nº 147

C. YSIODE

NANTES

Nº 191

N° 113

MIE-AU-LAIT

NANTES

N.º 134

MIE-AU-LAIT

NANTES

N° 136

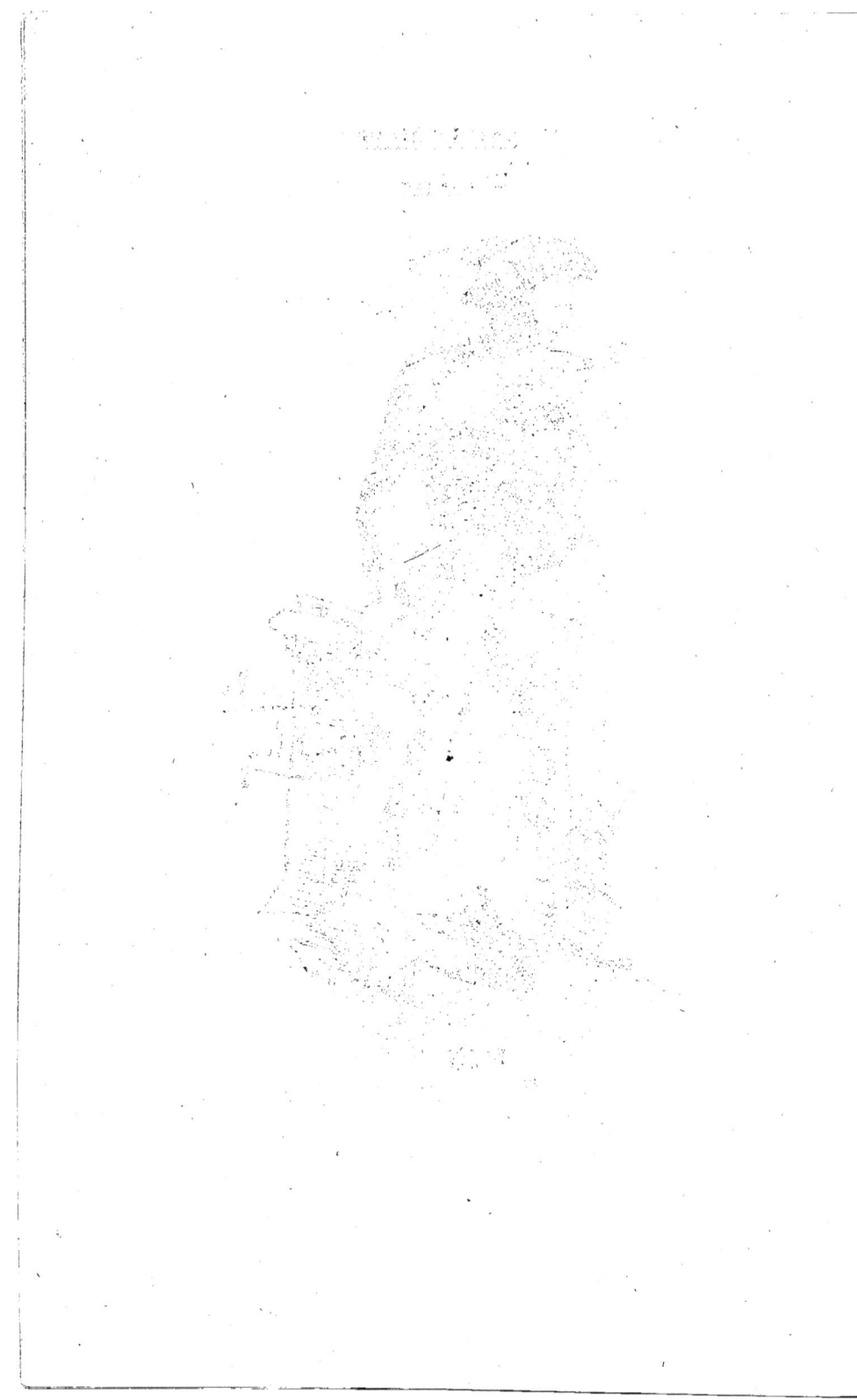

MIE-AU-LAIT

NANTES

N° 133

MIE-AU-LAIT

NANTES

Nᵒ 135

BORUG

NANTES

d'après Labourg
John Blay

Nº 34

N° 146

N° 27

GRASSOU, Pierre

L. PARIS

N° 18

www.ingramcontent.com/pod-product-compliance
Lightning Source LLC
Chambersburg PA
CBHW070758280626
47162CB00016B/1540